14歳、明日の時間割

鈴木るりか

CONTENTS

14歳、明日の時間割

「跳ぶ前に見ろ」
もし誰かにそう言われていたら、私は跳ぶことをやめただろうか。
それともやっぱり跳んでいたろうか。
その先にどんなことが待っているか、全く知らないで。

その電話を受けたのは母で、私はまだ学校から帰っていなかった。

「午後六時頃、秀文社の片瀬さんから電話あってね、『明日香ちゃん、いいですね、脂が乗ってるって感じです』って言ってたよ」

夕食の時、母が教えてくれた。

数ヶ月前、私は出版社が主催する小説賞で、特別賞を受賞していた。史上最年少だそうで、小さな田舎町ではちょっとした騒ぎになった。地元の新聞にも大きく載ったし、地元放送局のテレビやラジオにも出た。わざわざ東京の新聞社が取材に来たこともあった。主催した出版社から二作目を書かないか、と言われ、先日短編を送ったのだけど、まずまずの出来だったようなのでほっとした。すると傍らで聞いていた父が、

「片瀬さん、電話で顔が見えないのに、なんで脂ぎっているってわかったんだろう？」

首をかしげる。

「は？」

母と私が同時に声を上げた。父は本当に不可解そうな顔をしていた。どうも父は、電話で私の顔が脂ぎっていると言われた、と思ったらしい。

「え、え、え、お父さん、脂が乗っている、って表現、聞いたことないの？」

父は首をひねり「ないなあ」と言う。

「調子が出てきたとか調子がいいって意味だよ」

「へぇ、そうなんだ。初めて聞いた」

「お、お父さんってさ、外国暮らしが長かったとか、帰国子女じゃないよね？　ずーっと日本在住だよね？」

これは皮肉を込めて言ったつもりだったが、
「えーっ、お父さん、そんな英語ペラペラじゃないよぉー」
本気で照れていた。どうやら褒められたと思ったらしい。何をどうとればそうなるのか。お、おめでたい。我が父ながら。武者小路実篤の作品に『お目出たき人』という中編小説があるが、「リアル『お目出たき人』が、ここにいましたよっ、武者小路先生」と思わず天を仰ぎそうになる。

　そもそもなんで出版社の人が、私の顔が脂ぎっていることを、わざわざ電話で指摘してくるのか。そこからおかしいだろう。第一、私の顔は脂ぎってなどいないのだ。

　母を見ると「ダメだ、こりゃあ」といった顔で首を振っていた。父は全く本を読まない。小説は国語の教科書以外で読んだことがないという人だ。活字離れというのでもない。端っから離れるほど近寄ってもいないのだ。生きていく上で全く小説を必要としていない。その姿勢は、むしろもう清々しいくらいだ。しかしその結果、生活の中で語彙の貧困さを露呈し、たびたび日本語の誤用があることは否めない事実だった。

　あれは私が幼稚園の頃だった。夏休み、親子三人で市営プールに行った帰り、同じ幼稚園に通う真由ちゃんママに会った。

「プールか、いいわねぇ。私も行きたいんだけどね。明日香ちゃんママは、痩せてるからいいわよぉ。でも私なんかほら、こうだから、水着なんて絶対無理」

たっぷり肉のついたウエストのあたりを撫でながらそう言う真由ちゃんママに、父は、

「そーんなこと、全然気にすることないですよっ。もっとヒドイ人、たくさん来てますから。みんな平気で入ってますから、大丈夫ですよっ」

　大きな声で言ったのだ。

　父にしてみれば、勇気づけたつもりらしい。実際市民プールの現状はその通りでもある。だが真由ちゃんママの顔は瞬時にこわばり、その後母がフォローするのが大変だったと記憶している。しかし本人は、失礼なことを言った自覚が全くない。だから余計始末が悪いのだ。

　母の実家で、祖母が手作りの夕食でもてなしてくれた際にも、

「いかがですか良幸さん、お口に合いますか？」

「はい、大丈夫です。食べられます」

　笑顔で応え、後で母に、

「『大丈夫。食べられる』はないだろ。アマゾンの奥地でゲテモノ出されたんじゃないん

だぞ」

そう怒られていた。

少し前にあった親戚の法事の席でも、昼に松花堂弁当が用意されていたのだが、蓋を開けた叔母が、

「まあ、すごい。こんなにたくさん食べられるかしら？　今朝遅く食べてきたものだから」

戸惑っていると、前の席に座っていた父が、

「大丈夫ですよ。こういうのは、いろいろ入っていて、一見豪華で量が多そうに見えるけど、実際はそうでもないんですよ。量的には、たいして入ってないんですよ」

施主がいる横で大きな声で言う。施主の顔がひきつるのを私は見逃さなかった。父にしてみれば、これも悪気はない、と言うのだろう。しかし悪気がなければ、罪にならないわけではない。どうも「大丈夫」というのが父の口癖らしい。このことについても、母に言わせれば「全然大丈夫じゃないやつに、『大丈夫』って言われてもなあ」なのだ。

本人に失言したという自覚がないので、このようなことを何度繰り返しても全く改善が見られない。しかしそのフォローをしなければならないのは、母と私なのだ。

「なんであんたがまき散らかした汚物を、私らが拾って歩かなきゃならんのよっ」

口の悪い母を、いつも憤慨させている。

「もう、お父さんの首に『この人に話しかけないでください』ってカードぶら下げておけば？」

「そんなんじゃ生ぬるいね。『羊たちの沈黙』で、レクター博士が付けられていたような金属製の頑強なマスクでも嵌めさせないと。もうガッチガチに」

母は洋画オタクなのだ。

どれも父が全く本を読まないことからくる国語力の乏しさ、想像力の欠如が招いた事態といっていいだろう。

「本を読まないとこうなりますよ、という悪例として差し出したい、これからを担う子供たちの前にっ」

母の嘆きももっともだ。

当然、私が書いた小説も読んでいない。読もうという気など、さらさらないようだ。これには周りの人が呆れている。親なのに、と。

「読み聞かせとかすればいいのかな」

私の提案に、

「無駄。五秒で寝る。『時計じかけのオレンジ』で主人公が、拘束服で椅子に縛り付けられて、クリップでまぶたを見開いた状態に固定して、眼球が乾かないように目薬をさされながら映像を見せられていたけど、お父さんも同じようにして本を突きつけないとダメ。いやそれでも読まんかも」

苦々しい顔で首を振る。その映画を私は観ていない（もとより年齢制限で観られないらしい）が、そのようなシーンがあるらしい。

私が小説で賞を頂いてから、両親も読書家なのか、書くことが好きなのか、とよく訊かれたが、これで全く遺伝は関係ないことが証明されただろう。母は、父に比べれば読むと言えるが、それでも小説より映画のほうが好きで、その関連で原作本を読んだりする程度だ。

しかし父は素直な性格なので、「脂が乗る」という新しい言葉を知った後は、まるで幼児が知りたての言葉を得意げに使いたがるように、あちこちでそれを口にした。しかしそれが「あのパン屋さんも昔は脂が乗っていたけど、今はさっぱりだなあ」とか（繁盛していたという意味で使ったらしい）、「巨人、最近、脂が乗ってないな」とか（この場合は、調子良くないな、という意味らしい）、明らかに間違った使い方をしており、イラッとさせられた。「脂が乗っている」の反対の意味で「脂が乗っていない」とは言わないのだ。

父を見ていると、国語力は、何事においても基本だと改めて思わされる。文字通り、反面教師であった。

私が小説を書いていることは、学校はもちろん、隣近所にも知れ渡っている。以来、なんとなく風変わりな子と認定されたようだ。だからちょっとおかしなことを言ったり、やったりしても、「ああ、やっぱり小説なんか書いている子だから」と、良くも悪くもそういう目で見られるようになった。

この前も、夏の衣替えだったのに、遅刻しそうで焦って家を出てきた私は冬服を着てきてしまい、全校生徒中そんなやつはひとりだけで肝を冷やしたが、周囲は「ああ、小説を書いている子だから、ちょっと違うのだ」とみなしてくれたようだ。なかには「学校体制への抵抗の表れ、反骨精神の表明ではないか」そう言う人もいたらしいが、そんなタカ派ではない。単に間違えただけのことだ。

しかし多少変なことをしてもそのように見てくれるのは、精神的に助かる面もある。これは思わぬ副産物だった。

これもひとえに、作家イコール変な人、風変わりな人、というイメージを広く世間に定着させてくれた偉大なる先達たちのおかげだ。漫画や映画に出てくる作家は、ほぼ奇人変人、どう見てもまともではない人として描かれている。誇張もあるだろうが、まるっきりの虚像というのでもないのだろう。そういう人が多いのは確かなようだ。

しかしこの衣替えの件は、悪目立ちして一日中居心地が悪かったから、帰ってきて母に罪をなすりつけようとしたが（母だって送り出す際、気がつかなかったのだ）、

「制服で行っただけまだいいじゃないか。お母さんは、小学校の頃、パジャマで行ったことがあるワ」

その上を行く答えが返ってくる。母に何か言うと大抵こうなのだ。

田舎町に住んでいるくせに虫が大の苦手な私が、ある時、部屋に飛び込んできた虫にきゃあきゃあ騒いでいると、母が入ってきてこう言った。

「何をそんなに怖がるかっ。虫の何が怖いんだ？　怖がっているのはあっちだ。人間をつまんで喰う巨人が人間を怖がっているか？　いないよっ。お母さんの実家の庭には、無花果の木があって、夏になると実をつけた。熟れた無花果には、小蟻がたかって、果実の先端の小さな穴から絶えず小蟻が出入りしていたよ。お母さんはそれを喰ってやったよ、丸かじりだ、蟻ごとな。小蟻にとっては、お母さんは脅威だったろうよ。

それから、中、高と自転車通学だったけど、ここと同じような田舎だったから、自転車

を漕いでいるとき、よく口に虫が入ったよ。でも吐き出したりしないで、喰ってやった。むしろ積極的に、こっちから喰うぐらいの勢いでな。最終的には、カナブン大ぐらいの大きさまでいけるようになった」

「えええっ、だ、大丈夫なの？」

「今お母さんがここに存在すること、それが答えだ。別段なんともない。健康体そのものだ。当時のお母さんには、己の肉体を使って試してみようという気持ちもあったんだ。どこまでの虫を喰っても平気かっていう。いわばセルフ『華岡青洲の妻』だ。自分の身を実験台に呈した。結果、なんともない。虫、恐るるに足らず！　怖がっているのは向こうだ」

私が言いたいのは、そういうことではない。

私は生理的に虫を受け付けないのであって、それは理屈ではなく、母の提示する克服法とは、次元が全く違っている話なのだ。

また以前学校で、自分が生まれたときのエピソードを家の人に聞いてくるという宿題が出されたことがあった。

母に聞いてみると、

「ああ、産んだ後、腹の皮がビローンって伸びきっちゃって、それ見たとき、『羊たちの沈黙』で、バッファロー・ビルってあだ名の猟奇殺人犯が、太った娘を誘拐してきて三日間飢えさせ、皮がたるんだところを殺して、その皮を剥いで服を作るんだけど、ああ、あれは真実だったんだな、って思ったよ。急に痩せると皮ってたるむよ。見事なくらいに。皮の収縮が追いつかないいんだろうな」

しみじみした声で言う。

「でもお母さんの皮は、服を作れるほどの量じゃなかったんだよ。腹だけだからね。これじゃせいぜい腹巻ぐらいしか作れねーな、って思ったね」

たるんだ腹の皮で、腹巻を作る。そこになんの意味があろうか？

いや、そこが問題なのではなく、学校側が欲しいのは「生まれてきてくれてありがとう」とか「初めて我が子を抱いたときの感動」「難産の末出産、かけがえのない命」とかそういう類のエピソードであろう。決して『羊たちの沈黙』からの腹の皮話ではない。そもそも我が子誕生逸話を訊かれて、真っ先にこれが出てくるのもどうかと思う。

もちろんこんなのを学校に出せるわけがなく、適当に捏造、いや創作して（このへんは得意だ）提出した。

小説を書いていることで、風変わりな人物っぽく思われてしまうが、この家族の中では、私が一番まともな気がする。それでも父は町役場に勤め、母も農協で事務をしているのだから、世の中は思っているよりも、寛容なのであろうか。

受賞から数ヶ月がたったが、ぽつりぽつりといまだに取材がある頃、放課後に担任の矢崎先生から呼び出された。

何か提出物、出してないのあったっけ？

真っ先に思ったのはそれだった。先週終わった中間テストもまずまずだった（もともと国語だけは勉強しなくても点は取れていたのだ）。思い当たることがなかったので、多少訝りながら、職員室に向かう。

矢崎先生は、おそらく三十代だと思うが、先生の年齢など意識したことがないからよくわからない。銀縁眼鏡をかけた、いかにも教師らしい雰囲気の、職業当てクイズをしたら七割ぐらいの確率で当たりそうな男の先生だ。淡々と授業を進め、特に嫌われるでも好かれているでもない先生だが、京都の最難関の国立大学を出ているということで、一目置かれてはいた。

そう思って見ると、確かに賢そうな顔つきをしている。

矢崎先生は、私を見ると軽く手を挙げ「国語準備室に行こうか」と席を立ったので、従う。

国語準備室は、全学年の教科書や副教材、資料、中身がぎっしり詰まったダンボールが山積みで、真ん中に机と椅子がひと組ある。

先生は私に椅子を勧め、自分は傍らにあった丸椅子に座ると、

「読んだよ、『文苑』」

熱を帯びた口調で言った。『文苑』は、私の受賞作が載った文芸誌だった。

「ありがとうございます」

「いやいや、本当にすごいよ。すごいことなんだよ」

先生は頬を紅潮させていた。色白なので、桃みたいなマイルドな色合いだ。

「はあ。そうですか」

「いや、本当に。作品も面白かったし。改めておめでとう」

手を差し出す。握手を求めているのだとわかるまでに数秒かかった。

拒絶する選択肢はなさそうなので、

「あ、ありがとうございます」

ぎこちなく握手をすると、思った以上に握り返す手に力があり、痛いくらいだった。

先生は手を放すと、くるりと背を向け、パンパンに膨れた紙袋を机の上に置いた。

「実は僕も十代の頃からずっと小説家志望で、創作活動を続けているんだ」

「はあ、そうなんですか」

「そう、本当は作家になりたかったんだ。ああ、いけない、『本当は』なんて言葉、今の自分を否定しているようで禁忌にしてるんだけど、つい出てしまった。でも事実なんだ、作家になりたいっていうのは。ずっと作家になりたいと思っている。強く、強く」

「はあ」

「投稿歴も長いよ。学生時代からだからもう二十年になるかな。でもこれがなかなかね。運も、賞との相性もあるし。でも僕は必ず作家になる。そういう確信は確かにあるんだ。そこで、だ。これは僕が今まで書き溜めてきた自信作が入っているんだけど、出版社の人に渡して欲しいんだ」

「えっ、ええっ？」

「新人文学賞はダメなんだよ。まず一次二次とか、下読みって呼ばれてる連中がやるだろ。駆け出しの作家や、ライター、その賞の過去の受賞者なんかがやるみたいだけど、いわば自分たちのライバルになるかもしれない人の作品を読むわけだろ。そこでものすごい才能に出合ったらどうする？　商売敵になるじゃないか。圧倒的な世界観を持った斬新で清冽な作品があったら嫉妬でわざと落として、編集者にまで回さないようにしているんだよ。最終にまで残らないと、編集者には読んでもらえないからね。だから僕の作品は、そういう憂き目に遭って受賞に至らないんだよ」

「え、ああ、そうなんですか」

　応えつつ、ならばそんな文芸誌で受賞した私の書いたものも否定していることになるのだが、そこは頓着しない様子で先生は続ける。

「だからこれをね、編集者に直接見てもらったら、すぐにわかると思うんだ。このままじゃ嫉妬に潰されて、僕はいつまでたっても世に出られない」

「いや、でもそれはちょっと。私だってまだプロの作家というのではないし」

「でも編集者の知り合いはいるんだろう？」

「それはまあ」

　実際、受賞すると担当の編集者がつき、創作についてのアドバイスをくれたり、次回作についての相談に乗ってもらえる。私にも片瀬さんという女性編集者がついてくれたが、何しろまだ中学生なので、「学業優先の薬師丸ひろ子方式で」と、これは片瀬さんが命名した（年齢不詳の片瀬さんだが、この発言からするとそのような年代であるらしい）のだが、一般の新人作家に比べればゆったりとやっている。

別に生活がかかっているわけでもないので、そうしゃかりきにやっていないのが現状だ。それに編集者は、通常、数十名の作家を担当しているので、私のような末端物書きもどきにそれほど時間を割いてはいられない。今は原稿を送るのも、感想や評、直しを受け取るのも全てパソコンやスマホでできるから、実は片瀬さんとも授賞式とその後取材の時に何回か会ったぐらいで、つまり私の知り合いの原稿を読んでもらえるほどには、まだ親しくなっていないのだ。

「でも編集者さんもすごく忙しいですし、渡したとしても読んでくれるという保証はないし、うーん、難しいと思いますけど」

「大丈夫、優秀な編集者だったら、ちょっと読めばすぐにわかると思うよ。書くために生まれてきた人間の手によるものだって。これを見過ごしたら出版界の大きな損失だと感じられないようなら、その編集者がおかしいんだっ」

語気が珍しく強くなった。授業では決して声を荒らげるような先生ではないのに。

それに気圧されて、つい、

「あ、はい。じゃあなんとかしてみます」

そう答えてしまっていた。

すると先生はにっこり笑って、紙袋を差し出した。

ずしりと重く、取っ手が指に食い込む。

「編集者に渡す前に、三木(みき)さんも読んでみてくれていいから。ついでに感想も聞かせて」

「あ、はい」

そうして持たされた重い紙袋を、途中(とちゅう)で休み休みしながら、ようやく家に持ち帰る。夕飯後、部屋で読んでみた。

表紙に、蒼月彗斗とあり、これがペンネームらしい。なんと読むのだろう。これだけでちょっと嫌(いや)な予感がしたが、先生の硬質(こうしつ)な雰囲気からして、勝手に純文学系だろうと想像していたら、意外にも軽いタッチのラブコメだった。

十作ほど入っていたが、天使の女の子と悪魔(あくま)の女の子が、冴(さ)えない平凡な大学生の僕を取り合う話だとか、好きになった女の子が実は幽霊(ゆうれい)で、奇妙(きみょう)な同居生活をする話だとか、戦国時代にタイムスリップしたら、好きな女の子とそっくりの姫君(ひめぎみ)と出会い恋に落ちるとか、憧(あこが)れのアイドルがある日テレビの画面から出てきて自分の部屋にいたとか。どこかで聞いたようなものを、あちこちから切り取って、リミックスしたような話ばかりだったが、登場人物の女の子が全て「ものすごい美少女」という設定は共通していた。そして必ず「取り柄のない冴えない男の子」を好きになってくれるのだ。これは先生の妄想、いや願望、理想を描いたものであろうか。

先生がこれを書いていて楽しかったのだろうということは伝わってくる。

「ほーら、ほら、おかしいだろう？　面白いだろう？」

そう思って書いていることが透けて見える。しかし読んでいるこっちは全く楽しくないのである。

それどころか読み進めるのがものすごく苦しい、キツい。

ふと机の上に置いてあるスタンドミラーを覗くと、いつになく険しい顔をしていた。小説を読んでいてこんな顔になったのは初めてだ。眉間にシワが寄り、口角が歪んでいる。

楽しげな単語が並ぶのに、全く面白くない。何より文章が読みづらい。登場人物が、紙人形より、ペロンペロンで、面白くないを通り越して、何やら虚しくなってくる。

これはいったいどうしたものか。

思わず膝を抱え込む。授業中の先生の冷静な口調を思い出す。太宰や芥川を語るそれは、語彙も豊富で的確なのに。読書量は私なんかよりもはるかに多いだろうし、もちろん国語力も比べものにならないくらい上だろう。名作と呼ばれる小説がどんなものか、十分に心得てもいるだろう。

なのに自分で書くとなると、なぜにこうなるのか。

良い、悪いではなく、どうしよう、というのが感想だった。読めども読めども、どうしよう、という言葉しか浮かばない。

これらを新人文学賞に出し、下読みも通らなかったのは、適切な判断、至極当然の結果で、先生が言うような「嫉妬に駆られ、わざと落とした」のでないことは明らかだった。

しかしそれを先生にそのまま伝えるのは、さすがにためらわれた。そんなことはないと思うが、万が一にも国語の評価を低く付けられたりしたら困る。

しかし、だからと言って。

原稿の入った紙袋以上に重いものが、胸に沈殿し思わずため息が出た。

次の日の昼休み、矢崎先生に廊下で呼び止められ、早速感想を訊かれる。

「創作エネルギーがすごいですね。あんなにたくさん書き溜められてて。学校がお忙しいのに。書くことが本当に好きなんだな、っていうのが伝わってきました」

一切内容には触れず。しかし嘘はついていない。すると先生は満足げな顔で頷き、

「それが作家だから」

早くも作家宣言をしてくる。

「それで編集者にはいつ頃渡せそう？」

「あー、えーっとそれは、今月下旬に、担当者さんと打ち合わせがあって、こちらに来てくれるというんで」

「え、そうなの？」

これは本当だった。

メールや電話でのやり取りでもいいのだが、やはり肝心なことは面と向かって直接話しをしたほうがいい、と片瀬さんが言うので、わざわざ東京から来てもらうことになっていた。

「じゃあその時、頼むね」

「は、はい」

これがさらに先生のやる気に火をつけたのか、三日後、再び国語準備室に呼び出され、またも紙袋いっぱいの原稿を渡される。前回よりさらに重い気がする。

「この前のはハッピーエンドが多かったから、今度は悲恋(ひれん)をテーマにして書いてみた作品たちなんだ。いつの時代でも泣けるものは需要(じゅよう)があるからね」

息も絶え絶えにようやく家に持ち帰り読んでみると、全作、主人公が最後に死んでいた。不治の病だったり、突然(とつぜん)の、というか唐突(とうとつ)な事故死であったりして。死ねば悲劇になるという安直さが見え見えだった。

確かに死は悲劇で、ドラマチックで、物語のケリをつけるのにこれ以上のものはない。これを出したら最強だ。だからこそ安易に扱(あつか)うべきではない。だが先生の書いたものは、大風呂敷(おおぶろしき)を広げるだけ広げて、収拾がつかなくなった末に「死」をもってきたことが明白だった。これならまだ先にもらった、能天気なラブコメのほうがましだった。私の心がさらに重くなった。

本当にこれを、片瀬さんに渡していいものだろうか。

思案に暮れる。何せ出版社の編集者は忙しい。読まなくてはならないものが大量にある。原稿、ゲラ、雑誌や新聞に載った書評、自社はもちろん、他社の新刊本、担当している作家のインタビュー記事のチェックなど、帰宅は毎日深夜だし、家に原稿を持ち帰って読むこともあるという。

そんな人に、果たして仕事以外の原稿を読んでもらえるのだろうか。

どうしてもと頼み込めば読んでくれるかもしれないが、それにより本来の業務が滞ったら、会社の損失となり、多大なる迷惑をかけることにはならないか。

本来、どの出版社も、小説の持ち込み原稿は受け付けていない。そのために新人文学賞があるのだ。しかし矢崎先生が言ったように、編集者に直接読んでもらうには、一次二次の審査を通らなくてはならない。

先生もずるいと言えばずるい。伝手を頼り、途中審査をずるして、編集者に読んでもらおうというのだから。教師という絶対的に強い立場を使って。

これってなんとかハラスメントになるんじゃないか？　そう思うとちょっと腹が立ってきた。しかし頬を紅潮させていた先生の顔を思い出すと、そこまで考えていないような気もする。

難関国立大学を出ていることと、授業中の理知的な口調と、自分が書いているものと、単純な思考と言動とが、どうにもアンバランスに思えた。

翌日、また国語準備室に呼び出されて行くと、机の上に大学ノートが数十冊も積み上げられていた。

それぞれの表紙に「文苑文学新人賞　傾向と対策」「群青文学新人賞　傾向と対策」「すぴか文学新人賞　傾向と対策」等、書かれていて、中にはその賞の創設の経緯、歴史から、歴代の受賞者、審査員、受賞作の分析、選ばれやすい作品の傾向など、事細かに記してあった。受賞作の感想や審査員評、受賞者の年齢や性別、経歴まで書き込まれ、それらのデータから、この賞は文学性より斬新さを求めているので、冒頭は強烈な掴みを用意する、この賞は硬派な作品が評価されやすいので社会問題を題材にすると有利、この賞は話題性を重視する傾向があるので時流に乗ったポップな仕上がりにする、などとびっしり書きこまれていた。

さすが秀才、と唸らせられる、驚愕の分析力であった。

しかしそれらを踏まえて出来上がった作品がアレか。アレなのか。と思うと「なにゆえ？」というワードが頭に渦巻く。

先生はそんな私の戸惑いを露ほども感じてはいない様子で、どうだ、と言わんばかりの得意げな顔を向けていた。

「す、すごいですね。なんというか、もう、さすがです」

そう答えるしかない。

「三木さんは、プロット作りなんかはどうしているの？」

「プロット？　なんですか、それ」

「ええっ、君、プロットも知らないの？　よくそれで賞が獲れたね」

皮肉というのでもなく、先生は心底驚いて言ったようだった。

「作品の構成だよ。登場人物の設定や、ストーリーの展開、伏線の張り方や回収の仕方を描いた、作品の設計図のようなものだよ。これが一番重要で、これができたらほぼその作品は完成したといってもいいくらいなんだよ」

「はあ、そうなんですか」

先生は呆れたように、短くため息をついて首を振ったが、私はそんなものを書いたことがない。なんとなくは頭にあるが、とりあえずパソコンの前に座って書き出すと、情景が浮かぶのでそれを文章にしているだけだ。そうしていると、ほとんどの場合、最初に頭にあったものとは違う方向に展開するので、私の場合はそんなことをしても意味がない気がする。

しかし先生は、

「そんなんじゃ、今に行き詰まるときが来るよ。何事も基礎が大事なんだからっ。家の建築も小説も基礎が大事っ」

なぜだかひどく憤慨しているので、

「すいません」

思わず謝る。

「一、二作目ぐらいは、勢いでやれたかもしれないけど、それじゃ長くは続かないよ。基本ができていないと、いつか潰れるから」

「はあ」

先生の言うことは確かに正論なのだろうが、釈然としないモノを感じ、不満げな声になる。それを見て先生はまた小さく首を振った。


数週間が過ぎ、片瀬さんと打ち合わせをする日が来た。この日までに、短編をもうひとつ仕上げ（もちろんプロットなど書かず）、送っておいた。

日曜日に、わざわざこんなところにまで来てもらうのも申し訳ない気がしたが、もっと遠い地方に住む作家にも必要があれば会いに行くと言い、私などまだ近いほうだと、電話口で片瀬さんは笑っていた。

隣町の駅前にある、このあたり唯一のファミレスで会うことになった。早めに行って待っていると、時間通りに片瀬さんが現れて、私の顔を見ると、大きな笑顔になった。

片瀬さんは、目鼻立ちのはっきりとした華やかな顔立ちなので、少しの表情の変化でも派手に映る。長い髪を揺らしながら、広い歩幅で歩いてくる。テキパキ、シャキシャキ、キビキビ、という擬音を体現化したような人で、全身から有能さがあふれ、いかにも都会で働く女性そのものだった。そんな人が、こんな田舎のまどろんだような午後のファミレスにいることが不思議で、片瀬さんに背景がうまく調和していないような違和感があった。

「あれ、良かったわあ。面白かった、本当に。書くごとに腕を上げている感じ」

席に着くと、いきなり本題に入るのも片瀬さんらしかった。早速、大きなトートバッグから、ゲラを取り出し、打ち合わせを始める。

良かった、と言いつつも、ゲラには赤が入れられ、たくさんの付箋が貼られていた。それでもさほど大きな直しはなく、ほっとする。

それよりもずっと気になっているのは傍らに置いた紙袋二つで、片瀬さんと話しながらも、常にそれが圧迫してくるようだった。中には矢崎先生の力作、文字通り力の入りまくった作品が詰まっている。この店には、母が車で送ってきてくれたから助かった。

「以上だけど、何か質問とか気になることとかある？」

打ち合わせは、一時間半ほどで終わった。片瀬さんが言うように、やはり直に会って話をするほうが、お互い伝えたいことがダイレクトにやり取りできて、確かにいい。

「あ、直接執筆に関することじゃないんですけど。あ、でもどうしよう」

やはりいざとなると言いづらい。うつむいていると、

「何？　どうしたの？　プライベートなこと？　遠慮しないで言ってみて。担当なんだから。私にできることだったら、なんでもするわよ」

できることなら、なんでも。

この言葉に、にわかに勇気を得て、矢崎先生のことを話した。

「ああ、なんだ。そういうの、よくあるのよ。伝手を頼って、っていうの。でも基本、会社としては禁止にしてるのよね」

「そう、ですか。そうですよね」

目を伏せると、

「あ、でも明日香ちゃんの学校の先生なんだよね。だったら読んだほうがいいか。そのせいで先生との関係が悪くなって、学校生活に支障が出て、執筆が滞っても困るしね」

片瀬さんは、言うやいなや、紙袋から原稿の束を取り出し、猛烈な勢いで読み始めた。速読でも習得しているのか、それとも職業上そうなったのか、片瀬さんは読むのが異常に速い。バサバサと慌ただしく紙をめくる音とともに次々と原稿に目を走らせる。しかし眉間のシワが次第に深くなっていき、とうとう、

「何これっ、キッツ。読むのがしんどいっ。オエッ、精神的に来るっ」

テーブルに突っ伏す。

「つまりそういうこと」

一分もしないうちに顔を上げ言う。

「こんなの、よく二袋も持ってきたね。重かったでしょ」

「ええ、まあ」

「でも確かに編集者が読みました、ってことは伝えておいてね」

「あ、あの、これ、編集部に持っていってはもらえないんですか？」

「いや、もう読んだし。もう十分わかったから」

「でも、これ先生が一生懸命書いたんですけど」

「残念ながら、一生懸命書いたからってそれが評価される世界じゃないのよ。才能がない

人が千作一生懸命書いたってダメなもんはダメ。逆にサラッと力抜いて書いたものでも、良い作品ならいいの」

「でも先生はもう二十年ぐらい、ずっと書いているんですよ」

「それも全く関係ない。二十年、三十年、書いてきました、って言われても『で？』なのよ。それじゃ出版しましょう、って話にはならないの。その部分は認められないの。プロになってもそう。作家生活三十年以上の大御所作家が初版さばけない一方で、昨日今日の新人が、ミリオンセラーを出したりする。特に小説は、文芸分野の中では一番下克上可能な世界だから。例えばその道五十年の職人さんを、半年前に入ってきたばかりの新入りが超えるのはまず不可能だけど、小説の世界ではそれが起こるの。だから恐ろしい、けど面白い。いい才能に巡り会えたと確信したときには奮い立つ」

片瀬さんの目に強い光が宿っていた。

「明日香ちゃんにはセンスがあると思う。この直感は今まで外したことがない。これは私が編集者としてずっとやってきた中で一番誇れること。だから自信持って」

「あの、矢崎先生は？」

片瀬さんが短くため息をついた。

「私が今日ここで切ったとしても、出てくる人なら必ず出てくる。浮かんでくるから。どんなルートでも。その人が『なるべき人』なら、必ずなるから大丈夫」

私は軽く唇を噛んだ。

「ああ、そうだ、じゃあこうしよう」

片瀬さんはバッグから便箋を取り出すと、万年筆で何やら書き始めた。

「これ、その先生に渡して」

破り取った一枚の便箋を寄越す。文面を見ると、

『拝読いたしました。作風から申しますと、弊社よりも、光英書房のほうが合っているかと思います。書き手と出版社のカラーの相性は大事です。弊社は、貴作品のような分野がいまひとつ弱いですが、光英書房なら、その点すでに人気のレーベルがありますから最適かと思われます。そちらに持ち込み、あるいは新人賞にお出しになられてはいかがでしょうか。秀文社　編集　片瀬』とあった。

「こ、これは」

「光英に押し付け、って言うと人聞きが悪いから、託した体で。でもまんざら嘘でもないし。これはこれで一件落着ってことで。それより明日香ちゃんも、この先生の書いたもの、

読んだの？」

「ええ、そりゃあもう、はい」

「じゃあもう今後は二度と読まないでね。下手なもの読むと、自分の書くものも下手になるから。そこまでじゃなくても、文のリズムが乱れるぐらいの影響はあるから。いいものを読め、っていうのはそういうことなのよ」

「は、はい」

「あ、もうこんな時間。実はもうひとつ寄らなきゃならないところがあって。せっかくここまで来たから、小坂市の相川書店」

片瀬さんが県の中心地にある大型書店の名を挙げた。

「ここ、支払い済ませておくからゆっくりしていって大丈夫よ。じゃ、引き続き執筆よろしくね。原稿楽しみにしています」

にっこり笑って言うなり席を立ち、来たときと同じように大股であっという間に去っていった。片瀬さんが有能なのが、わかる気がした。

注文したオレンジジュースは、すっかり氷が溶け薄くなっていた。私はスマホを取り出し、母親に迎えに来てくれるよう頼んだ。

私がまた紙袋を二つ下げているのを見て、母は戸惑った表情を浮かべた。

「片瀬さんに渡さなかったの？」

「うん、まあ。でも大丈夫。読んではもらえたから」

本当は全然大丈夫じゃないけど。

持ってきたときよりも紙袋が重くなったように感じるのは気のせいか。どうしようか、これ。その時、突如ひらめくものがあった。

「お母さん、石井町のほう行ってくれる？」

矢崎先生は、学校まで自転車通勤している。同じクラスの星野さんが言っていたことを思い出す。

「矢崎先生、石井町三丁目の四つ角にあるアパートに住んでるんだよ。親戚が近所にいるから知ってるの。前にその家に遊びに行ったとき、たまたまそのアパートの一階の部屋から出てくるのを見たことがあるよ。日曜だったけど、私服が超ダサくてビックリした」

以前私も近くの書道教室に通っていたから、大体わかる。

案の定、先生のアパートはすぐに見つかった。

二階建てのよくある木造モルタルアパートだった。

母に車で待っていてもらい、一階を端から見て行くと、一番奥の部屋の表札に『矢崎薫』といつも板書で見る、ちょっと癖のある先生の字で書いてあった。フルネームなのが先生らしい。

私は初めて先生の下の名前を知った。蒼月彗斗よりもずっと先生らしい。

来るときに見たら、アパートの横に、先生の銀鼠色の自転車があったから、先生は在室しているかもしれない。けれど呼び鈴を押すのはためらわれた。

通路に洗濯機がある。先生は確かにここで暮らし、ここから学校に通い、授業をして、帰ってきてこの部屋で執筆しているのだ。

私はドアの前に紙袋をそっと置くと、手紙をドアポストに挟んだ。


翌日、学校に行くと、早速廊下で矢崎先生に呼び止められる。

「ありがとう。編集さんの手紙、読んだよ」

「あ、そうですか」

作品内容に全く触れていない片瀬さんの手紙をどう取るか、とても気がかりだったが、そんなことは杞憂と感じるほどに先生は輝くような笑顔だった。

「確かにそうだね、言われた通りだよ。自分に合った出版社を選ぶのは大事だよ。受験もそうだけど。秀文社は、全体的に文芸が弱いからね。大きな賞を取る作家もほとんど出てないし。確かに僕は秀文社向きの作家じゃない。今後は光英書房に絞って新人賞に出してみるよ」

背を向け、颯爽と立ち去っていった。その白いワイシャツの後ろ姿には、自信とやる気がみなぎっているように見えた。

でもまあ光英書房の新人文学賞の締切は秋頃だから、先生もこれで当分おとなしいだろう。と、ほっとしたのも束の間、家庭科部の伊藤さんから、

「三木さんって、矢崎先生とつき合ってるってホント？」

どストレートに訊かれ、倒れそうになる。

一部でそういう噂が立っているらしい。確かにこのところ先生によく声をかけられ、話をしているし、職員室や国語準備室にもたびたび呼び出されている。

そう思う人もいるかもしれない。

しかも先生のアパートから出てくる私の姿を見たという目撃情報もあるとか。これは原

稿を返しに行ったときのことだろう。近くに親戚がいる星野さんに見られたんだろうか？いや、あのあたりなら、ほかの知り合いが通りかかってもおかしくない。

アパートから出てくる？　確かに訪ねはしたが、部屋から出てきたのではない。何より車で母が待っていて、紙袋を置くと、私はすぐに車に戻った。そこは端折られているわけだ。

「さすが小説を書いているような人は、やることがちょっと違うよね、ってみんな言ってるよ。あんな大人の人とつき合うなんてすごいって」

「いや、つき合ってないから、ほんと、ほんとに」

つき合うというより、先生の無茶な要望に私がつき合わされた、いや振り回されたのだ。数週間でも振り回された感がある。理不尽な気がして腹が立ってきた。

しかしこの噂が広がって、学年主任なんかに呼び出されたりしたら面倒なことになる。憂鬱になり、ため息が出た。

鬱々としたまま、帰り道を歩いていると、少し前に中原君の後ろ姿があった。

中原君とは同じ小学校だった。家も近かったから、小学校時代は、よく一緒に遊んだ。中学に入ってからは、さすがに遊ぶようなことはなくなったが、それでも私にとっては一番話しやすい男子だった。男子の間でも噂は広がっているのだろうか。

「ちぃーす」

わざと体育会系のノリで明るく声をかける。

振り向いた中原君は、ごく自然な感じで、

「うぃーす」

と返してきた。直接話すのなんか、数ヶ月ぶりなのに。

「今日早くない？　部活は？」

「ちょっと家の用事あってさ、早めに上がったんだ」

「そうなんだ」

家の用事。お兄さん絡(がら)みかな。よそう、その話は。もうそこには触れなくていい。

「あのさー、何か聞いてる？　私のこととか、その、噂っていうか」

「ああ、矢崎先生とつき合っているとか言うの？」

「げっ、もう男子にも広まってんだ」

「あ、でも俺(おれ)も昨日(きのう)ぐらいに聞いたばっかりだけど」

「それ完全にデマだから。全然違うから。ありえないから。本当(ホント)まいる。勘弁(かんべん)して欲しい」

「そうなんだ。でも俺、矢崎先生割と好きだけどな」

「じゃああんたがつき合えば？」

「いいの？」

「マジか？」

二人で大笑いする。中原君は昔からこうなのだ。

「でも実際困ってるんだけど。噂が広まってほかの先生の耳にまで入ったら、問題になりそうじゃん？　学年主任に呼び出しとかされたら、ヤだもん」

「もしそうなったら、俺とつき合ってるって言っとけば？」

「何それ。ああ、よくある、そういうの、少女漫画とかラノベに。なんらかの理由で、偽装してつき合うんだけど、結局本当に恋に落ちるっていう、嘘から出たまことパターンね。そんな手垢がつきまくったストーリー、文学新人賞に出しても一次も通らないよ」

「さすが、作家先生にはかなわないよ。でも実際、噂を否定するには、新しい噂を重ねることだよ。元の色を消すには、同じ色で新しく上から塗るのが一番いい。混ざらなくて、濁らなくて、元の色も浮いてこない」

「今の言葉、メモっていい？　中原君こそ作家になったら？　矢崎先生より才能ありそう」

「え、あの先生も書いてるんだ、小説。ってか、やっぱつき合ってんだ？」

「んなことあるわけないって言ってんでしょーっ」

　また笑い合う。

「でもさ、このまま作家の道進むの？」

「うーん、わかんない。今になっていろいろ知って、正直困惑してんの。これはとんでもない世界に飛び込んじゃったんじゃないかって。飛び込んだ後に知ったの。『見るまえに跳べ』っていうのは大江健三郎の小説だけど、まさにそんな感じ。よく知りもしないのに、その世界に飛び込んじゃった。英語のことわざでは『跳ぶ前に見よ』っていうんだけど。跳ぶ前になんか全然見なかったから、今頃『えーっ』ってことがいっぱいある。それ考えると恐ろしくなる」

「いいんじゃない、それで。跳ぶ前に見ていたら跳べなかったかもしれないし。跳んだときが跳ぶタイミングだったんだよ、きっと。俺は明日香が書いたもの、読んで面白いと思ったし、次回作も読みたいし、本が出たら絶対買うよ。飛び込んだ先の世界で見たもの、書いてくれよ」

　中原君が、昔のように名前を呼び捨てにしたこと。書いたものが面白いと言ったこと。書いてくれと言ったこと。

めまいのような感覚があって、かろうじてようやく「うん」とだけ答えた。

その夜、どこからか親の耳に入る前に自分で伝えたほうがいいだろうと思い、夕食を食べながら、矢崎先生とのことで、根も葉もない噂が立っているらしいということを話した。

すると両親は、大笑い、というか大ウケした。

ここ笑うところだろうか？　もう少し心配するとか、憤慨するとかないのだろうか。

「だって、ありえなすぎるから、おかしくて。あの矢崎先生と。ひーっ」

母は膝を叩いてまで笑っている。

「『先生』って、森昌子か？」

父が言うと、

「古すぎてわからんっ」

母に斬られていた。深刻な方向に流れなかったのはよかったが、うちの両親はやはり少し変わっているのかもしれない。

お風呂から上がり、自分の部屋で髪をドライヤーで乾かしながら、中原君に言われたことを思い出していたら、母が部屋に入ってきた。

「ドライヤー、終わったら貸してくれる？　洗面所にあるやつ、調子悪くてさ」

「もういいよ。私はだいたい乾いたから」

ドライヤーを受け取りながら、母が私の顔を覗き込む。

「何？」

「いや、なんか楽しそうな顔してるから」

「そう？　今日中原君と久しぶりに話して、そのことちょっと思い出してたから」

「ははーん」

「なぁに？　変に勘ぐらないでよ？　別に彼は幼馴染(おさななじみ)なんだから」

「ふうん。ま、いいけど。でもこれだけは言っておく。男の言うことは信じるな。男は女の言うことを信じるな。大人は子供の言うことを信じるな。子供は大人の言うことを信じるな。先生は生徒の言うことを信じるな。生徒は先生の言うことを信じるな。信じられるのは己のみ。これが裏切られても絶望しなくて済む、ただひとつの方法だ」

「何それっ。お母さん、殺し屋？　ＫＧＢ？　非情っ。虚しすぎる教え。また映画の中のセリフかなんか？」

「さー、どうだったかな？」

節をつけたような口調で、ドライヤーを手に出て行った。

窓辺に立つと、夜気にねっとりとした甘い香りが溶けていた。

庭のくちなしだろう。

いつか私はこれらの、そしてこれからの日々を書くことがあるだろうという予感がした。

題名も何も決まっていない、それこそ矢崎先生に言われたようなプロットもないのに、
それは確信となって、すとんと心の深いところに落ちてきた。

闇にくちなしの花が、ぼんやりと白く浮かんでいる。

夜の深さを感じたくてまぶたを閉じた。

人生において、一番役に立つ教科は、家庭科である、と母は断言する。

家庭科は実学だ。今ならそれがよくわかる、と。

母は、お腹の子が女の子だとわかると、こう願ったそうだ。

どうか家庭科の得意な子になりますように。

綺麗な子でも、頭のいい子でもなく、家庭科が得意な子。

それが聞き入れられたのか、果たして私はその願い通りの子になった。

母がどうしてここまで家庭科にこだわったのかというと、自分が全くできないからだ。

料理も裁縫も、家庭科の範疇全部が。苦手というよりも、悲壮なくらい、壊滅的にできない。これでどれほどまでに苦労してきたことか。

まず料理は、どうしたらこんなにもマズくなるのかな？　と聞きたくなるくらいひどい。

いくら料理本を見てやっても、出来上がったものは、見た目も味も本とはほど遠い。やたら辛い、やたら甘い、食感が気持ち悪い、生煮えだったり、崩れすぎていたり、茹ですぎだったり、芯が残っていたり。

料理上手になろうと努力はした、という。結婚前に料理教室にも通ったらしい。けれど習っているその時にはできても、帰ってきて家でやってみると不思議なくらい再現できなかった。

「まあ、あれはグループでやっていたからね。なんとなくみんながやってくれていたんだよね、気がつけば。で、できたものを試食してただけ」

身につかないのも道理だ。

これではわざわざ通うことはない、と思い自分で学ぶことにした。

料理本を買い込んで、毎月テキストと調味料と道具がセットで届く通信教育の料理講座も受講したという。

本当に基本中の基本、料理入門というシリーズや、「超簡単」「初心者」「誰でもできる」とか、ひとり暮らしを始める男性向け、小学生向けの料理本から始めた。

だが、しかし。

「『超簡単』とか『五分でできる』とか、あんなの全部嘘だから。誇大広告。ジャロに訴えてやる」

母によると、例えば『誰でも十五分でできる超簡単料理』に載っているチンジャオロースを作ろうとする。

薄切り肉、茹で筍、ピーマンの細切り。にんにく、しょうがは、みじん切り、とさらっと書いてあるけど、まずこれをするまでに、ゆうに三十分はかかる。

「何が『誰でも』だ。看板に偽りあり。この言葉の前に『もともと器用で、料理に手馴れていて、料理センスもある人なら誰でも』と書き加えるべきだ」

憤慨して言う。

母が不器用なのは確かだ。まず食材を用意するのにもたもたし、その扱いにまたもたもたする。

食器や道具の準備も然り。つまりものすごく手際が悪い。持って生まれた手際の悪さ。加えてセンスのなさ。

例えばちょっとしたさじ加減。調味料を加えるタイミングと量、火加減、加熱時間。これをどうすれば、どうなるか。予見する能力。そういう勘が全くない。

結果、ベタベタ、ドロドロ、グチャグチャ、というシロモノが出来上がる。

幼稚園の頃、親子遠足の時、ほかの子のお弁当を見て、

「みんなすごいっ。何？　このクラスのお母さんって、もとシェフとか飲食関係やっている人多いのかしら？」

驚いていたが、ほかの子のお弁当がものすごい豪華とか手が込んでいるというわけではない。普通にからあげとか、卵焼きとかだ。つまりうちがひどすぎるのだ。

結果、我が家の食卓は、惣菜店に頼ることがほとんどになった。

実際こっちのほうが美味しいし、無駄も出ない。父もそのほうが喜んでいる。

母の料理を無理して食べ、食卓の雰囲気が悪くなるくらいなら、出来合いでもプロが作った美味しいものを食べて、みんな幸せならそのほうがずっといい。美味しいと思って食べるほうが体にもいいと言うし。

それよりもっと困るのが裁縫だった。

今は、昔のように節約のために洋服を作る人などいない。買うほうが安い時代だ。洋服を手作りするのは趣味の領域、もしくはプロだろう。だから裁縫ができなくてもそれほど困ることもないと思うのだが、子供が小さい頃は違う。意外なところに落とし穴があった

のだ。

幼稚園に入ると、母曰く「そこは手作り至上主義・裁縫地獄だった」。

何しろ母は、幼稚園選びのポイントが、給食があるところ一点張りで、環境や園児数、教育方針など全く考慮していなかった。給食ありの幼稚園に入れたことで、弁当作りの心配がなくなった母は、すっかり油断していた。

入園前の説明会で配られたプリントを見て、愕然とすることになる。体操着入れ、エプロン、ランチョンマット、コップ入れ、手提げ袋、上履き入れ、これらのものは全て手作りでお願いします、とあったのだ。

大げさでなく、紙を持つ手が震えたという。続けて「母親の愛情のこもった手作りが一番です」とあった。

だったら愛情はあっても、不器用な母親、裁縫が救いようもなくできない母親はどうしたらいいのだ。逆に、裁縫は得意だが、子供には愛情をそそげない母親も存在するのではないか。なぜ手作りで愛情を測ろうとするのか、それがバロメーターになるのか。言いたいことはたくさんあったが現実問題として、今ここでそんなことを訴えても仕方がない。

母が頼ったのは実家だった。自分の母親に泣きつき、丸投げしたのだった。

もっともこれは今に始まったことではなかった。小学校高学年から高校までずっとこうしてきたのだという。家庭科の課題は全て自分の母親にやってもらっていた。幸い、母の母、つまり私の祖母は裁縫が得意で（そこは全く遺伝しなかったのだ）苦もなく、やってあげていたらしい。

そんなことをしたら将来娘のためにならない、という考えは微塵もなく、自分が得意だったからこそ、それが仇となり「裁縫や料理なんてものは、そのうち大人になればみんな自然とできるようになるものだ」とタカをくくっていたようだ。

しかし母にはそれは全く当てはまらなかった。そのまま何もできない人になった。それでも祖母は、

「まあ、結婚して母親になれば、いやがおうでもやるようになって、自然とできるようになるものだ」

そう思っていた。しかしその期待も見事に裏切られる。

入園準備のための大量の手作り品リストを前に、

「まさか娘が大人になっても、こんなことをやらされるとは思わなかった。中学生の頃と全く変わっていない」

今更嘆きながらもなんとか揃えてくれた。

入園してからも困難は続いた。

どこの幼稚園でもバザーは恒例行事で、もちろん私の園も例外ではなかった。

「家にある不用品を出せばいいんでしょ」

軽く見ていた母だが、園からのお知らせに、またも目をむくことになる。そこには、

「家にある不用品・一品以上、心のこもった手作りの品・一品以上」とあったのだ。

またもや手作りを強要されるとは。しかも心のこもった、ときている。だが「誰の」とは書いていない。頼れるのは実家の母親しかいなかった。

おばあちゃんに心をこめてやってもらおう。

ところが祖母は、少し前に眼の手術をしており、細かい作業を医師に止められていた。ドクターストップでは仕方がない。

次に頼ったのは、手芸の得意な友達だった。母の短大時代のその友人は、手先がとても器用で、巾着やランチョンマットをよくプレゼントしてくれたという。今はそういった手芸作品を、知り合いの店で委託販売してもらっているというから、プロといっていいだろう。彼女に事情を話すと、快く引き受けてくれたそうだ。

コップ入れがすぐに届いた。それはまさにプロの仕事で、素晴らしい出来だった。裏と表で違(ちが)う布を使い、厚みを出し、チラリとのぞく内側にもレースが施(ほどこ)されている。オレンジ色のカーネーションの刺繍(ししゅう)は、花びらの色が外に向かって、グラデーションになっていた。

素晴らしい、いや、素晴らしすぎる。

母はコップ入れを前に慄(おのの)いた。もう少し手を抜いてと言っておけばよかった。いやそれはプロに失礼か。もうこれを出すより手はない。

それを提出した数日後、園長先生から電話がかかってきた。

「素晴らしいですねっ。感動しました。ここ数年でも出色(しゅっしょく)の作品です。この細かなグラデーションの見事なことといったら。プロ級の腕前(うでまえ)です。うちの幼稚園では、保護者向けに趣味の講座をいくつか開いているんですよ。お子さんが在園中のお母さまや、卒業生のお母さまもいますが、ピアノや絵画など、得意な分野をお持ちのお母さまが講師になり、希望者に教えてくださっています。どこの講座も好評で、すぐに定員になってしまうんですよ。もしよろしかったら、伊藤(いとう)さんも刺繍の講座、お願いできないでしょうか？　これだけの腕ですから、ぜひ」

聞きながら、母は倒(たお)れそうになったという。

「いやいや、私なんかとても」

「そんなご謙遜なさらず」

「いやいや」

不毛な押し問答の末、最後はなんとか穏便に断ることができたが、冷や汗が全身を滝のように流れたという。

翌年、年中になったときは、前回の教訓を生かし、あそこまではないものをと思った母がとった行動は、別の幼稚園のバザーで売っていた手作り品を買ってきて、素知らぬ顔して出すというものだった。こんなことして大丈夫なんだろうか、娘として不安を感じずにはいられない。

もしその幼稚園の関係者、もしくは製作者本人がうちの幼稚園のバザーに来たらどうするんだろうと思うが、その点は抜かりなく、遠方の幼稚園に行って買ってきたから大丈夫だと言う。

なんと母は、わざわざ隣の県まで遠征し、この手作りの品を手に入れてきたのだった。

「一日がかりの仕事だった。これを手に入れるのにどんなに苦労したことか」

いかにも大仕事をやり遂げたかのように振り返っていたが、その労力をなぜ創作に向けない。

いや裏を返せば、それだけ裁縫が苦手、嫌だということだ。そうしてようやく手に入れた手作りの品は、上手すぎず下手すぎず、ほど良い感じで素人がいかにも一生懸命作りましたというのが滲み出ている手提げ袋だった。

二年目はそうやって、見知らぬ誰かの力を（勝手に）借りて乗り切った。

年長になると母も仕事を再開したこともあり、前年のように他県の幼稚園まで遠出し、手作りバザー品ハンターをしている時間がなくなった。

他人様のものを自分の作と偽り出したことへの良心の呵責も多少あったらしい。

「最後ぐらい自分でやってみるよ。そう、やってやれないことはない。為せば成る」

最後は三年目にふさわしく、三年寝太郎のごとく一念発起、早速「誰にでもできる一番簡単な手芸の本」というのを（懲りずに）買ってきて格闘し始めた。幾度も針で指を突き、やり直しを繰り返し、十日もかけて、ようやくポケットティッシュケース（難易度星ひとつ）を完成させた。

出来上がったものは、縫い目の大きさにバラつきがあり、歪な形をしていた。最初にきちんと測ったというが、出来上がってみたら奇妙に歪んでいたという。

案の定、ポケットティッシュを入れると、そっくり返った。

「と、取り出しやすいかも、ティッシュが」

そう言うのが精一杯だった。これが母のベストを尽くした結果であった。

とりあえずこれを提出する。熱意だけは入っているはずだ（というか、熱意しかない）。

先生方は、最初の年にプロ級の手作り品を出したのに、徐々にレベルが低下、三年目には、目も当てられぬようなシロモノを提出してきたことについて、おかしいと思わなかったのだろうか、と後になって疑念が湧いた。

母は「体の具合か精神の状態が良くないのか、とでも思ってスルーしてくれてたのかもね」と言っていたが、薄々「ありゃ？　こりゃおかしいぞ。もしかして」と悪事が露呈していた確率のほうが高いような気がする。

そういうこともあり、その年のバザー会場には、母は禁忌のように足を踏み入れなかった。

幼稚園を卒園し、小学校に入学すると、働く母親も多くなってきたためか、手作り品を強要されるようなことはなくなった。

手提げも上履き入れも市販のものでＯＫになったので、母も随分とラクになったようだ。

小学四年の時、土曜日の午後だった。

書道教室の帰り、迎(むか)えに来てくれた母と、卒園した幼稚園の前を通りかかると、お祭りをやっていたので、立ち寄ってみた。

久しぶりに見る園庭や教室を小さく感じる。チューリップが描(えが)かれたトイレのスリッパに見覚えがあり、ところどころ記憶(きおく)が蘇(よみがえ)る。

バザーをやっている教室があった。

「葵(あおい)ちゃん？　葵ちゃんママ？」

声に振り返ると、幼稚園時代、同じクラスだったスミレちゃんのママだった。

スミレちゃんは、私とは学区が違うので別の小学校に行っていた。

「やっぱりー。久しぶりー。来てくれたんだー。葵ちゃんも大きくなったね」

見ると、スミレちゃんママは、園の名前が入った赤いエプロンをつけている。

「ホント、久しぶりねー。スミレちゃんママ、係やってるの？」

「そーなの。下の子が年中でさ。今日はここのバザーの係。スミレはサッカーの試合があって来られないんだけど」

「スミレちゃん、サッカーやってるんだ」

「小学校に入ってから始めたんだけどね」

母とスミレちゃんママがそんなやり取りをしていると、母の視線が、足元にあるダンボール箱で止まった。

マジックでオール十円と書かれたその箱の中には、ファーストフード店のおまけや、すぐにボロボロほつれてくる信用金庫の名入りタオルとか、二年前の干支(えと)の置物、カチカチに固まっているチューブ絵の具のばら、服に付いている予備のボタン、VHSのビデオテープクリーナーだとか、どう見ても「タダでもいらねーな」というものが乱雑に入っており、その中に見覚えのある模様が見えた。

私がつまみ上げるとそれは、四年前、母が悪戦苦闘(くとう)して作ったあのティッシュケースだった。

「こ、これ」

私が言うと、

「ああ、それねー、毎年売れ残ってんだって。去年もその前も、もうずーっと。でも手作り品だから、処分もできなくって困ってんの。良かったら持ってってー。タダでいいから」

明るく言うスミレちゃんママ。

母の顔を見られない。目が合ったらスミレちゃんママに動揺(どうよう)を気づかれるかもしれない。

「い、いや、買うわ。買う。じゅ、十円ね」

母が財布から十円玉を取り出す。

「えー、そんなこんなのでお金とっちゃ悪いわよ。じゃあこれも持ってって、これも」

スミレちゃんママは箱の中から、酒屋でもらったらしい栓抜きと卓上カレンダー（この時点で、すでに七月だった）、京都という文字をかたどったキーホルダー、じいさんが使いそうな黒い小銭入れ（かび臭い）をくれた。

「わ、悪いわね。なんか、こんなもらっちゃって」

「いいよぉ。こっちこそこのガラクタ、少しでも減らしたかったし」

ガラクタ。この言葉を耳にしても、私たちは上手く笑えていたと思う。

でも誰も悪くない。そう、母も、スミレちゃんママも、ティッシュケースを買ってくれなかった人も、それをこの箱に放った人も、誰も悪くない。

こうして母の渾身の力作（出来はともかく）は、四年の時を経て、我が家に帰ってきた。

確かアンデルセンだったか、そんな童話があった。主人公の女性が海に投げ捨てた指輪が、数奇な運命を経て手元に戻ってくるという話だった。それほどのスケールもロマンもないが、そのティッシュケースも確かに帰還した。

ティッシュケースをその後、二度と目にすることはなかった。処分したのか、あるいはどこかに隠してあるのか。

「あれ、私が使おうか？」

などと言うのも、母を傷つける気がして、そのままにしてある。


「これはモモちゃんの呪いだ」と母が言った。

「モモちゃんって誰？」と訊くと、高校時代の家庭科教師だという。

百田という苗字だったが、生徒は皆陰で「モモちゃん」と呼んでいた。モモちゃんは当時、五十前後だったが、高校生から見たら、随分年寄りに見えたそうだ。

パーマをかけた髪は白髪まじりで、痩せてというよりしなびていた。顔も体つきも。小声でぼそぼそ話し、決して激昂するようなことはなかった。猫背で地味な服装。

悪い先生ではなかったのに、女生徒の間では、どこかモモちゃんを軽んじる空気があった。はっきり言えば小馬鹿にしていた。それはモモちゃんが独身だったからだ。母のふるさとは保守的な田舎町で、当時独身を貫く女性は稀だった。

「家庭科の先生で、独身はありえなくない？」

「家庭科教えてて嫁に行けないなんて、恥ずかし」

唇の端を意地悪に歪ませて、生徒たちは笑いあった。

例えば、家庭科では沐浴や母乳を飲んだ後のゲップのさせかたなどを、赤ちゃん人形を使って教えられるのだが、赤ちゃん人形を抱いて一生懸命説明するモモちゃんの姿を「結婚もしてないくせに」という冷ややかな目で見ていた。

「あなたに教えられたくないよ」と。

またモモちゃんは、何をしても怒らなかったから、授業中内職をしたり、堂々と居眠りしたり、みんなやりたい放題だった。それでもモモちゃんは、熱心に生徒たちに語りかけ、それがまた鬱陶しく、癪に障った。

やがて卒業するとモモちゃんのことなどすぐに忘れた。長い間忘れていた。しかし結婚後、母は折に触れ、思い出すことになる。

例えば味噌汁を作る際、そういえば家庭科でやったけど、確か、煮立てた味噌汁と、ひと煮立ちさせただけの味噌汁の風味は全く違うのだっけ。百グラムと百ｃｃって同じだっけ、なんかモモちゃんが言っていた気がする。台所に立つたび、ボタン付けに悪戦苦闘するたび、母はモモちゃんのことを思い出す。

出産をし、初めて沐浴をさせるときに浮かんだのは、赤ちゃん人形を使って懸命に説明していたモモちゃんの姿だった。こんなふうにモモちゃんのことを思い出す日が来るなんて。もしかしてモモちゃんはわかっていたのではないか。いつか自分のことを小馬鹿にした日々を振り返り、深く反省する日が来ることを。もう少しあの時真面目にやっていたら、と。

これはモモちゃんを軽んじていたことの報い、いや、モモちゃんの復讐、呪いだ。

私たちが授業中好き勝手をして、陰で小馬鹿にしていたことも、十分承知の上で「今に見ていろ」と思っていたのに違いない、と母は言う。

いつかその報いが必ずやってくることを、モモちゃんはきっと知っていたのだ。

しかしこれは家庭科が苦手な母だけが勝手にそう思い込んでいるのであって、ほかの人はそんなことを露ほども感じていない、というのが本当のところだろうと私は思っている。

かくしてこの母から生まれた私は、母の願い通り、家庭科の得意な女の子になった。悲願成就したわけだ。

しかしどうせならとびきりの美少女に、とか、神がかり的な頭脳の持ち主に、とか願ってくれれば良いものを。

そもそも私の家庭科好きは、私の祖母が料理上手で家事全般が得意な人であったから、単にその隔世遺伝ではないかと思われる。

そんな私であったから、中学で所属しているのは当然家庭科クラブだった。

小学校時代もそうだった。何せ私は家庭科の申し子なのだから。

実際自分で言うのもなんだが、手先も器用で、何をやらせてもうまく、料理のセンスもあった。

私の作った服やフェルトのマスコットはほかの部員が見本にするほどだったし、料理は何をどうすればどうなるか、的確に予想でき（この力があるかどうかが重要なのだ）、火加減や調味料の微妙な使い分けの感覚も有していた。

部長こそ三年生がやっているが、二年ながら副部長に抜擢されたことが、実力を物語っていると言えるだろう。

週三回しか活動がない家庭科クラブだったが、内容は充実していた。

そんな家庭科クラブに、同じクラスの男子、野間克己君が入ってきた。

中二の二学期のことだった。

家庭科クラブは女子ばかりで、もちろん男子が入れないという決まりはなかったが、クラブ発足以来初のことだ。

それまで野間君は、卓球部に所属していて、かなり有望な選手だったと聞いている。

それがいったいなぜ。このことはちょっとした衝撃をもって学年に知れ渡った。

先輩にいじめられた、練習のキツさに音を上げた、顧問の先生とトラブルがあった、ほかの部員の妬みを買った、様々なことが噂されたが、それについて本人が口を開くことはなく、真相はわからずじまいで、「それにしても、だからって、なんで家庭科クラブに？」という疑問を誰もが抱いた。

そんな周囲の反応はどこ吹く風の様子で、野間君は、入部してきた。

最初は戸惑い、なかには露骨に警戒心を示す部員もいたが、野間君のなんの気負いも感じさせない、誰に対してもフラットなその姿勢に、すぐに馴染み、一ヶ月もしないうちに、まるで最初から彼がいたような感覚になっていた。

実際彼は、裁縫も料理も好きなようで、何にでも積極的に取り組んだ。

ずっと女子ばかりの部だったから、多少のやりにくさは覚悟していたが、それは杞憂に終わり、女子だけの話がしたいようなときには、彼は敏感にそれを察して、さりげなく場を離れたし、そうでないときは、輪の中に入り冗談を言い笑わせた。

先輩からは、「かっちゃん」と呼ばれて可愛がられたし、一年からは「かっちゃん先輩」と慕われた。

私も野間君とは同じクラスとはいえ、彼が入部してくるまでは、あまり話したこともなかったが、すぐに打ち解けた。

「お弁当って、冷ましてから蓋をするっていうけど、あれ、完全に冷めてなきゃダメかな。なかなか熱が取れないのとかあるよね」

ある時、野間君に訊かれた。

「野間君、お弁当も作るの？」

「今度、小三の妹が遠足に行くから」

「え、すごいね。でも大変じゃない？」

「いや、料理するの好きだし」

野間君がにこりと笑った。

「おかずやご飯は、十分に冷ましてから詰めないと、湯気が水分になるからね。水分は細菌が繁殖する原因になるから。ご飯を詰めるときには、必要な分を一旦お皿に広げると早く冷めるよ。あとご飯を炊くとき、少しお酢を入れると傷みにくくなるよ」

「お酢？　酢の匂いとかするの？」

「お米三合に対して、小さじ一ぐらいだから、炊き上がったごはんは全然匂いなんかしないよ」

「そうなんだ。さすがだね、副部長」

「あと、おかずは大きいサイズから先に詰めていくと、全体のバランスが取りやすくなるから」

「なるほど。やってみよ」

目を輝かせる。本当に料理が好きなんだな。

「やさしいお兄さんだね」

今度は照れくさそうな笑みを浮かべた。


十月に入り、家庭科クラブも文化祭の準備が始まった。

展示品の製作やポスター、看板書き、やることは山ほどあった。なかでも好評なのは、手作りクッキーの販売だった。先輩方が残した『秘伝の黄金のレシピ』があり、これがなかなかに美味しいのだ。毎年、これだけを買いに来る近所の人もいた。売上げは、慈善団体に寄付される。

販売用を作る前に、一、二回試作をするのが常だった。

その日がそれに当たった。バターを室温に戻し、粉をふるい、砂糖を計量する。

「小麦粉にアーモンドパウダー入れるの忘れないでね。さっくり、切るように混ぜ合わせて。オーブンは百七十度に余熱ね」

一年の子たちに指導する。野間君も、そのなかに混ざり、真剣な顔つきで取り組んでいた。彼は汚れものや生ゴミも手際よく処理し、段取りも細かく私は感心し通しだった。

家庭科室が甘い匂いで満たされる。焼いているときのこの香りも、お菓子作りの楽しみのひとつだ。幸福の匂いそのものだ。

焼きたてを食べられるのも嬉しい。冷めても美味しいが、できたてはまた格別だ。

「あつっ。でも、おいしっ」

言いながら食べる。

「どう？」

野間君に訊いてみる。

「美味しい。今まで食べたクッキーのなかで一番美味しい」

下校時間が近くなったので、残ったクッキーは持ち帰り用に紙袋に入れ部員に渡す。

家庭科室の棚の鍵を返す当番だったので、帰りがてら職員室に寄ろうとすると、野間君も提出物があるというので、一緒に行く。

一階の外通路を歩いていると、ほかの部も終わったところで、水飲み場に卓球部の部員たちが固まっていた。

一瞬、どうしようかと思ったが、野間君は表情を変えることなく、歩いていく。卓球部員のひとり、同じ二年の谷君がこっちに気づき、

「おっ、野間。久しぶりじゃん。どうだよ、家庭科クラブはよ」

ニヤニヤしながら声をかけ、目の前に立ちはだかった。

「おまえ、女子と編み物やったり、料理作ったりして楽しいかよ？　卓球するより楽しいかよ？」

野間君は黙っている。

「結局アレだろ？　厳しい練習が嫌になって逃げたんだろ？」

野間君が、無視して脇を通り過ぎようとすると、

「おいっ、なんとか言ってみろよっ」

谷君の腕が野間君の肩を摑んだ。

その拍子に、バランスを崩した野間君が紙袋を落とし、中のクッキーが二、三個飛び出した。それを見て、頭にかっと血がのぼる。

「ちょっとーっ、何するのよっ」

思わず叫んで、谷君を睨みつけると、

「いーち、にーっ、さんっ」

声がして、見ると、陸上部の中原君が落ちたクッキーと紙袋を拾い上げていた。

「今の、三秒ルール、ギリＯＫ？」

クッキーにふっと息を吹きかけると、口に放り入れた。

「え、それ、落ちたやつだよ。大丈夫？」

「大丈夫、大丈夫、これくらいでどうにかなってたら、人類とっくに滅んでます。それより何これ？　すんげぇうまいんだけど？」

中原君は、躊躇することなく二枚目を口に入れる。

「これ、野間が作ったの？　すげぇ。天才じゃん。マジうま。谷も食ってみろよ」

谷君に袋を差し出す。

「い、いいよっ」

谷君は、ぷいっと横を向くとそのまま行ってしまった。

「せっかく落ちてないほうやろうと思ったのに」

中原君が笑った。

「あ、ありがと、中原」

「何が？　こっちこそ、ありがとっていうかごちそうさん。部活の後は、甘いものがしみるな。でもこれホントにうまいよ。売れんじゃね？」

また一枚食べる中原君。

「それ、売るのよ。文化祭で」

「あ、そうなんだ。じゃあ俺予約しようかな、野間が作ったやつ」

「部員、全員で作るんだよ」

「そっかー、じゃあ俺絶対買いに行くワ」

残りのクッキーが入った袋を、野間君に返す。

「いいよ。それ、やるよ」

「やった。ラッキー」

本当に嬉しそうに笑うので、野間君と顔を見合わせ私たちも笑ってしまった。

文化祭の日がやってきた。

やはりクッキーが人気でよく売れた。私と野間君が店番をしていたときに、約束通り、中原君が買いに来てくれた。

「五袋、お願い」

「え、そんなに？」

「この前の、兄貴もうまいって言ってたからさ」

「ありがとう、中原」

野間君が言い、笑顔を見せたが、それが不意にこわばった。視線の先を見ると、谷君が家庭科室に入ってきたのだった。一瞬、緊張が走る。谷君は私たちの前まで来ると、

「これ、二つ」

クッキーの袋を指さす。

「あ、はい、ありがとうございます。二百円です」

私がお金を受け取り、野間君がクッキーの袋を渡す。

「ありがとう、谷」

谷君は、唇の端をちょっと上げて頷（うなず）くと行ってしまった。

横で見ていた中原君が、親指を立ててニッと笑った。


文化祭は盛況（せいきょう）のうちに終わった。

去年よりも来場者数が多く、展示物も好評で、クッキーも完売した。

片付けも、力仕事を積極的に野間君が引き受けてくれて、みんな改めて男子部員のありがたみを確認した。

部活日誌を書き終え、職員室に届け、家庭科室に戻ってくると、まだ野間君が残っていたので、自然と二人で帰るかたちになった。

帰り道は途中（とちゅう）まで同じだけれど、一緒に帰るのは初めてだった。

「どう？　家庭科クラブは？」

私が訊くと、

「楽しいよ、すごく」

屈託（くったく）ない笑顔を見せる。

「なら良かった。でもどうして家庭科クラブなの？」

本当は、なぜ卓球部をやめたのかストレートに訊きたかったのだが、やはり躊躇するものがあった。

「家庭科が好きだからだよ。僕さ、家庭科の先生になりたいんだよ」

「えっ、家庭科の？」

「そう、家庭科教師」

「え、男の人で？　男の人が家庭科の先生ってなれるの？」

「なれるよ。前にテレビに出てた。数は確かにすごく少ないらしいけど」

「そうなんだ。知らなかった。でもシェフは男性が多いし、編み物や洋裁で有名な男の先生いるもんね。男の人が家庭科の先生でもおかしくないよね。でもなんで学校の先生なの？　料理や裁縫が得意なら、料理人やデザイナーの道もあるのに」

「学校の先生は、僕のお母さんの夢だったんだ。でもいろいろ事情があってなれなかったから、僕が叶えてあげようって思ってさ。それで自分の得意な科目、好きな科目はなんだろうって思ったとき、家庭科だったんだ」

「やさしいんだね、野間君は。お母さんとか、妹さん思いで」

「別に、それほどじゃないけど。伊藤さんこそ、将来、家庭科の先生になったらいいのに。料理も裁縫も上手だから」

「えーっ、考えたことないなあ。でも家庭科は好きだから、それもいいかも」

「そうだよ。なろうよ。そしたら将来同じ学校で働いてたりして」

「それはどうだろ。家庭科の先生って、だいたい各学校ひとりじゃない？」

「そんなこともないみたいだよ。うちみたいな田舎の小さい学校は確かにひとりだけど、大きい学校には二人ぐらいいるらしいよ」

「そうなんだ。さすが詳しいね」

確かにやさしくて器用な野間君に、家庭科の先生は合っているような気がした。

「で、また家庭科クラブの顧問になって」

私が笑いながら言うと、

「秘伝黄金レシピのクッキーを売りまくる」

野間君が受け、二人して笑った。

それからなぜ私が家庭科を好きかという話になり、それは母のエピソードにつながり、『モモちゃんの呪い』のくだりに、野間君は大笑いした。

「あ、うち、ここだから」

野間君が指さした先に、三階建てのマンションがあった。

「うん。じゃあ、また」

私が言うと、野間君もニコッと笑い背を向け歩き出す。その背中を見ながら、意外に肩幅があるんだな、と思った。


文化祭が終わり、部は通常モードの活動になった。

十一月も中旬を過ぎたので、この時期恒例の編み物に取り組んでいる。

まずは基本のマフラー。部員は、出来上がったら誰にプレゼントしようか、そんな話題でも盛り上がっている。

編み棒を動かしていると、野間君が、

「今日、僕ちょっと用事があるんで早引けしていいかな?」

申し訳なさそうに言う。

「もちろん」

「じゃあ、僕はこれで。すいません」

小声で言い、カバンを持つと足早に出て行った。

下校時刻を知らせる放送が流れ、後片付けや掃除をしていると、野間君の座っていた椅子の上にファイルがあった。理科の課題のプリントが挟んである。確か提出期限は明日だったはずだ。

忘れていっちゃダメじゃないの。

理科は、提出物に特に厳しい先生だ。届けよう、そう思い自分の通学カバンに入れる。

野間君の家は知っている。

どの部屋かは知らなかったが、マンション入口にある郵便受けで確認した。２０２号室。

鉄筋コンクリートの階段を上がる。確かに「野間」という表札が出ていた。インターフォンを押す。

「はぁい」

女の子の声がした。前に話していた妹だろう。

「あの、私、野間君の同級生の伊藤という者ですが、野間君いますか？」

「ちょっと、お待ちください」

施錠を外す音がして、ドアが開き、三つ編みの女の子が顔を出す。

目のパッチリとした可愛い子だ。

「あの、お兄ちゃんは、ちょっと今出かけていて。お母さんのお薬をもらいに薬局へ」

「あ、そうなんですか」

用事ってこのことだったのか。お母さん、具合悪いのかな。

「ひとみ、どうしたの？　誰か来たの？」

奥から声がして、パジャマの上に紫色のカーディガンを羽織った女の人が出てきた。

青白い顔で、乱れた長い髪を手で押さえながら、私を見ると微笑み会釈した。

髪に当てた手は、骨ばっていて、まじまじと見ては悪いくらいに痩せた人だった。

「あ、すいません。私、野間君と同じクラスでクラブも同じ、伊藤っていいます。野間君、これ家庭科室に忘れていったんで」

ファイルを差し出す。

「ああ、まあまあ、それはそれは。どうも申し訳ありません、わざわざ。あの子、ちょっと今出ていて。ああ、同じ部の伊藤さんね。息子から話はよく伺っています」

野間君が、私のことをどんなふうに話しているのか少し気になった。

「ほんとにね、私がこんなもので、あの子にも負担かけてしまって。私、ちょっと体調崩してましてね」

パジャマの襟をかき合わせる。

「毎日部活のある卓球部をやめるって言ったときには、私もそこまでしなくていいって言ったんですけど、実際、私も入院してたもんですから、あの子に頼るしかなくて。家のことも妹の世話も全て任せっきりで、親としては情けないんですけど」

野間君のお母さんは、どうも私が全て事情を知っていると思って話しているらしい。

どうしよう。

「だから家庭科クラブを選んだんですよ。活動日が少なくて、料理や裁縫のことも学べるからって。でもこれが入ってみたらとても楽しかったって言ってるんです。伊藤さんや皆さんに良くしてもらっているそうで、本当にありがとうございます」

頭を下げる。

「いえ、そんな」

何度もお礼を言うお母さんに恐縮しつつ、野間君の家を後にする。

そうだったんだ。野間君が、卓球部をやめたのは、お母さんが病気で入院してたからだったんだ。

そういえば、野間君の家はお父さんがいないと聞いたことがある。野間君がお母さんの代わりに家のことや妹の面倒を見ていたんだ。

そんな彼に、家庭科クラブは、ちょうどよかったのだろう。

じゃあ家庭科の先生になりたいからっていうのは、違うのかな。

いや、きっと本当のことが言いにくかった、知られたくなかったんだろう。今日聞いたことは、胸の中にしまっておこう。

お母さんの病気は大丈夫なんだろうか。でも退院して家にいるってことは、良くなったってことだよね。

あ、じゃあ野間君、卓球部に戻っちゃうかな。

いや、それはないか。でも。

彼が家庭科クラブからいなくなったら、と思ったら、急に寂しさが込み上げてきた。

そうだよ、せっかく慣れてきたのに。記念すべき初の男子部員だし。

でもそれだけではない何かがもやもやと渦巻く。

次の日、授業が始まる前に、野間君が私のところに来て言った。

「昨日、ありがとう、ファイル。わざわざ家にまで届けに来てもらっちゃって。助かったよ」

「う、うん」

しばらく沈黙があり、数秒目が合う。何かほかに言いたいことがあるようだったが、続く言葉はなかった。

野間君は、私が家の事情を聞いたことを知ったんだろうか。でも確かめることはできない。

チャイムが鳴り、野間君は自分の席に戻っていった。

しばらく気になっていたが、その後部活の時は、至って普通で、いつもと変わりなかった。むしろ今までよりも表情が明るく元気そうに見えた。

きっとお母さんが良くなったんだ。

良かったと思うと同時に、もしかしたら卓球部に戻るんじゃないか、いや、卓球部じゃなくてもほかの部に変わるかも、という考えが浮かび、ひどく動揺している自分に戸惑う。

でももしそうなったとしても、それは彼の自由で、どうすることもできないのだ。

十一月下旬、期末試験準備のため、しばらく部活動が中止になった。

十二月の初めに、期末も終わり、また部活動が再開された。

早い子は、もうマフラーが仕上がっていた。中原君に渡したという三年の先輩もいた。

中原君は、上級生の女子にも人気があった。

「野間君はどうするの、マフラー。自分使い？」

たまたま家庭科室で二人になったとき、訊いてみた。

野間君は、クリアなブルーのマフラーを編んでいた。私は、後輩に「渋いっすね」と言われたモスグリーンだ。

「うーん、どうしよっかな、決めてないよ」

「じゃあさ、じゃあさ、交換しない？　私のと」

「えっ」

「そのほうが張り合いあるでしょ。ただ編んでいるのよりも」

「え、でも」

「あ、別に、やだったらいいの。ちょっと言ってみただけ」

「やじゃないよ。じゃなくて、僕、初めてで下手だから、そんなのと、上手な伊藤さんのと交換じゃ悪いと思って」

「そんなことないよっ。じゃあいいんだね。決まりね」

「うん」

野間君が笑顔で答える。

せっかくプレゼントするのなら、と彼のイニシャルを入れることにした。編みながらどこか浮き立つ気分を感じ、いやこれはプレゼントじゃない、ただの交換、日頃の部活の成果をお互い確認するためだ、と自分に言い聞かせる。

終業式の後、今年最後の部活があった。

普段はないのだが、家庭科室の棚の大掃除があったのだ。その帰り、別に申し合わせたわけではないが、いつかの日のように二人で並んで校門を出た。

冬の日は、落ちるのが早く、あたりは葡萄色の夕暮れが始まっていた。風に煽られて、道に落ちた枯れ葉が乾いた音を立てる。

「あ、これ」

川沿いの道に差しかかると、野間君が足を止め、カバンからコバルトブルーのマフラーを取り出す。

「あ、私も」

私も自分で編んだマフラーを手提げ袋から出す。

しかし取り出してみたものの、改めて向き合うと、なんだか照れてしまう。

どうしようかと思って、手元のマフラーに視線を落とすとその瞬間(しゅんかん)、首元がふわりと暖かくなった。

野間君が、マフラーをかけてくれたのだ。

「副部長、お疲れ様でした」

日が翳(かげ)ってきたせいで、野間君の顔の陰影(いんえい)が増し、大人びて見えた。私も慌(あわ)てて、彼の首にマフラーをかける。

「あ、すごい、イニシャル入りだ」

すぐに気がついて言う。私のも見ると、小さなてんとう虫のボタンが付いていた。

「ごめん、僕、イニシャルとかまだできないから、家にあったのを付けただけなんだけど」

「ううん、すごく可愛い。ありがとう」

照れ隠しのように笑い合う。

「じゃあこれは同志の証明ね」

「同志?」

「そう、同じ、家庭科の先生を目指す同志の」

「え、伊藤さんもその気になったんだ」

「まあね。だからお互い頑張りましょう、ってことで」

わざとおどけた口調で言う。

「うん、頑張ろう」

野間君の最後の言葉が力強く響いた。


冬休みに入り、慌ただしく年末年始が過ぎ（毎年のことだが）、比較的長めの冬休みが終わって（うちの地域は、寒さが厳しいので、夏休みを減らし、その分冬休みを長くしている）、初登校の日、私はあのコバルトブルーのマフラーをして学校に行った。

野間君も私のマフラー、してきてくれてるだろうか。

ドキドキしながら教室に入る。

しかしそこに彼の姿はなかった。

空っぽの机がぽつんとあるだけだった。

どうしたんだろう。新学期早々お休みかな。風邪でもひいたのかな。

体育館で始業式をやった後、教室に戻ってくると、先生がまず初めに言った。

「急な話で驚かれるかもしれませんが、野間克己君は、おうちの事情で愛媛県に越されました。クラスのみんなにもよろしく伝えておいてくださいということです」

教室がどよめく。

ええーっ、嘘。なんで。

どうして。聞いてる？　知らない。

なんで、なんで。ざわめきが止まらない。

嘘。

それしか出てこない。そんなのは嘘だと。頭の血がすうっと下がるような感覚があり、海の底にいるように、周りの音が小さくなったり大きくなったり反響して聞こえる。

嘘、嘘、嘘。

馬鹿みたいにその言葉しか出てこない。

それからは何がどうなったのか、ほとんど記憶がなく、気がつけば、教室に残っているのは私ひとりだった。

今日は始業式だけだから、もうみんないつの間にか帰ったらしい。

私は自分の席から立つこともできずにそこにいた。自分の体じゃないみたいに力が入らない。

教室は、金粉をまぶしたような冬のやわらかい日差しに満ちていた。

「やっぱり。まだ残ってたんだ」

声に振り向くと、中原君だった。

「大丈夫？」

私の前の席の机に腰をかける。

「な、中原君、もしかして知ってる？　野間君のこと、何か聞いてる？」

食いつくようにして言う私に、中原君は学生服の胸ポケットを探り、一枚の紙を取り出した。四つ折りにたたまれたそこには、愛媛県○○市、と書かれた住所と電話番号が書かれていた。

「どうして、中原君がこれを？」

「冬休み始まってすぐ、あいつから連絡来て、これ渡された」

「なんでっ、なんで中原君に？　私じゃなくて、どうして中原君なの？　中原君なんて、野間君と親しくなんかなかったじゃないっ」

言った後で、言いすぎたと思ったが、中原君は別段気を悪くしたふうでもなく、小さく息をつくと、

「親しいからこそ、よく思っているからこそ、言いにくいことってあるんじゃないかな」

静かな声で言う。私は黙ってうつむいて、机の上で組み合わせた自分の指をひたすら見つめていた。

「母親が、愛媛のホスピス入るんだって」

「え、ホスピス、って」

驚いて顔を上げる。

「向こうに親戚がいるとかで、いい施設に入れることになって」

「待って、待って。ホスピスって、どういうこと？　だって退院したって、少し前に、野間君のお母さんと話したもん、それおかしいよ。それ違うよ」

「良くなったから退院したってわけじゃないんだよ。帰されたんだよ、良くなる見込みがないから」

「そんな、だって、そんなことひと言も、全然、何も言ってなかったもんっ。野間君だって、全然、普通に元気だったもんっ。嘘言わないでよっ」

息を荒らげて中原君を見る。湖面のような瞳がこちらを見つめている。

「野間んち、小さい頃父親を亡くしてて、それ以来、ずっと母親が働いて子供二人育ててたんだよ。母親は仕事、いくつも掛け持ちして、睡眠時間削って。働き詰めだったけど、全然弱音とか吐かない人だったらしいよ。自分のことは二の次、三の次でさ。でもそれが災いして、がんが発見されたときはもう手遅れだったらしい。野間は自分たちのせいだって、自分を責めてたけど」

聞いているうちに心臓が痛くなる。

「私何も知らなかった。知らなかったの」

手で顔を覆う。指の隙間から涙がこぼれ出る。

「知られたくなかったんじゃないの」

「どうして？　信用されてないから？」

静かに首を振る中原君。

「悲しい思いをさせたくない人だからじゃないかな」

それは無理だよ、野間君。

どのみち、私はこんなにも悲しい。

教室に私のすすり泣く声が響く。

泣き濡れた顔を上げ、しゃくり上げながら訊く。

「ねえ、愛媛って行ったことある？」

「ないな」

「私も。でもいいとこなんでしょ。温暖な気候で、瀬戸内海に面してて。少なくとも極寒酷暑のこんなとこよりはずっといいよ。だからさ、病気なんか良くなるんじゃないかな、そういう環境に恵まれたとこに行けば、ね」

すがるように見るが、中原君は黙っている。

わかっている。こういう時中原君は、安易な気休めを言う人じゃない。

「だと、いいな」

短くそれだけ言った。

「そうだよっ、だって、だって、お母さんがいなくなったら、野間君は、妹は、どうなっちゃうの？」

そう言うと、また涙があふれてきた。

自分のことではなく、誰かを思って泣くのは初めてだった。

中原君に、何度も「大丈夫か？」と訊かれ、「送ろうか」とも言われたが断った。ひとりで帰りたかった。「連絡先は？　書き写さなくてもいいのか？」とも訊かれたが、それにも首を振った。

「そっか。じゃあ必要になったら、いつでも言ってくれよ」

中原君は連絡先の書かれた紙をまた四つ折りにして、胸ポケットにしまった。

野間君と二人で帰った同じ道を帰る。

あの日、マフラーを交換したのと同じ場所に立ってみる。北風が容赦（ようしゃ）なく吹（ふ）きつけ、髪を逆立てる。風の冷たさに、マフラーを口元まで引き上げる。

愛媛はあったかいから、マフラーなんかしていないかな。

でも野間君がどこにいても、大人になっても、私がこのマフラーをしていたらすぐにわかるよね。だって同志の証明だから。

二人で、家庭科の先生になるんだもの。そう約束したんだから。

見上げた空の色は、マフラーと同じ、輝くような青だった。

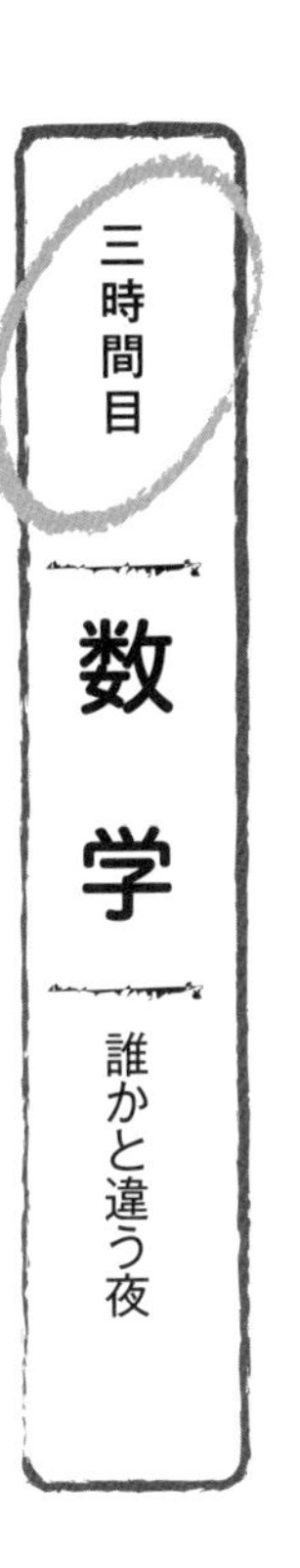

嘘だろ、おい。

自分の目を疑うってこういうことを言うのか。

いや実際、目の錯覚かと思ってもう一度よくよく目を凝らして見てみた。しかし変わらなかった。九点。一の位しかない、ひと桁の九。

テストの点数が。もちろん十点満点の九ではない。それだったらどんなにいいか。五十点満点でもない。それならまだ良かった。まだマシだった。

百点満点の九点なのだ。どう見ても九。前にも後ろにも数字がつかない。単独の九。それだけ。

まさかこんな点数を自分が取るだなんて。受け入れがたい。受け入れたくない。

どうしよう。どうしよう。どうする？

いやもうどうしようもないだろう。

自分が今、とてつもない暗闇の空間に独りでいるような感覚に襲われる。孤独。名付けるのならそれが一番近いかもしれない。周りに人がいるのに、今、自分はどうしようもなく独りだ。その感覚は恐怖に近かった。

と同時にテストの点数でこれほどまでに動揺する自分を、愚かだと思う意識も、どこかにあった。つまり混乱している。

その証拠に、動悸が激しくなっている。心臓のありかをこれほどまでにはっきりと感じたのは初めてじゃないだろうか。む、胸が痛い。

進学塾の一室。

先日受けた模試の結果が返された。初めてのハイレベル模試だった。

難しいことは最初からわかっていた。しかしここまでとは思わなかった。甘く見ていた。

学校の定期テストでは、常に上位にいた。

決められた範囲のものをきちんとこなす。基礎をきっちりと固める。それは得意だった。

しかし応用力がない。それは自分でもわかっている。ちょっとひねられると、途端につまずく。女子に多いタイプだというが、自分は男だ。

それも何やら情けない気がする。

地元の公立高校へ進むのならそれでもいい。

学校の授業を中心にした学習。そこをしっかり押さえていれば、定期テストで点は取れる。内申もいい。

けれど僕は、約一年後、中学を卒業後に、父親の転勤で東京に行くことが決まっているのだ。

両親は、ちょうど良かった、と言った。絶好のタイミングで東京に戻れる、と。確かにそうかもしれない。中途半端に中学の途中や、高校に入ってからの転勤だったら厄介なことも多かったろう。それに比べれば、確かにちょうどいい時期なのかもしれない。

しかしそれはひとりだけ遠くの違う高校を受けるということで、周りと違うことをする、誰かと共有できないものを抱えるというのは、これまで経験したことがなかった。

もともとは東京で生まれた。幼稚園まで東京で過ごし、その後神奈川に小学四年生までいた。それからこの土地にやってきて、四年。あと一年で東京に戻ることは最初からわかっていた。

それは僕がちょうど中学を卒業、弟が小学校を卒業する年にあたり、もしかしたら、父の会社が、そのように配慮してくれたのかもしれなかった。

弟は東京の公立中学に入るからまだいいとして、問題は僕だった。

こののんびりした田舎の中学に身を置きながら、競争の激しい東京の高校を受験しなければならないのだ。当然ながら今通っている中学の先生は、東京の進学事情にそれほど詳しくない。ひとりで戦わなければならないのだ。

大げさなようだけど、そうでも思わなければ、何かが僕のなかで折れそうな気がする。

まだ中二、いやもう中二というべきなのか。

今、二月だから受験までは正味一年。都会の学校では、高校受験のために、中学入学前から高校受験の塾に通う人もいるという。僕も先月から、近所の学習塾ではなく、県の中心部にある進学塾に移った。

ここは、地元のトップクラスの高校を狙っている中学生が多かったが、なかには、僕のように県外の高校を受験する生徒もいた。医師や大学教授の子供で、首都圏にある、全国的に名を轟かせているような難関高校を目指している。

毎年こういう生徒は数名いて、入学後は下宿したり寮に入ったりするらしいが、なかには父親を残し、母親と移り住むケースもあるそうだ。

要するに、受験熱の高い家庭の子供が多く通う塾だった。

先月、県外の高校へ進学を希望する塾生が、首都圏のハイレベル模試を受けた。その結果が今日返ってきたのだ。

国語はかろうじて平均点を取れたものの、ほかは惨憺たるもので、特に数学はひどかった。わずか九点。テストで悪い点を取った、と言うのさえ憚られる。悪い点というのは、せめてふた桁はあるだろう。これは「悪い」ではなく「酷い」としか言いようがない。テストの点数で胃が痛くなったのは初めてだった。いや、痛いを通り越して気持ちが悪い。

おえっ、吐きそうだ。自分のテストの点数で吐きそうになる。

当然志望校判定は、全てE。全く見込みがないというやつだ。

合格率ゼロパーセント。

いや、ゼロですらないかもしれない。途方もない恐怖感に襲われる。

おい、どうする、行くとこないじゃん。いや、ないわけじゃない。都会にだってそれなりの高校はある。むしろ学校数の少ない田舎より、そういう高校はいっぱいあるだろう。

でも僕が行きたいと思っている（正確に言うと、親が行かせたいと思っている）ような高校へは、見込みゼロ、いやマイナスなのが現実なのだ。

模試の結果を前に、両親は「うーん」と唸った。

声というよりそれはまさしく唸りだった。それしか出てこなかったのだろう。

「だ、大丈夫よ。今から頑張れば。だって修也は頭がいいんだから」

「そ、そうだよ。これから伸びしろがあるってことなんだから、これからだよ、これから」

両親は半分自分に言い聞かせるようにしてそう言った。諦めてくれるかと思ったが、なまじこれまで、成績が良かったものだから、却ってそれが災いした。でも二人は誤解している。いや誤解というより、受け入れられない、認めたくないのだろう。実は我が子がそれほどでもないってことを。

僕の成績がいいと言っても、それは教科書の決められた範囲をコツコツやって、それで定期テストがいいだけの話で、真の実力はそれほどでもない。実はこれが今の僕の限界なのだ。余裕を持っての成績ではない。

精一杯頑張ってこの程度なのだ。それは自分が一番よくわかっている。

例えば同じクラスの中原なんかとは全然違う。あいつは余力を残して、僕と同じくらい、あるいはその上の結果をやすやすと出す。話をしていてもわかる。こいつは地頭がいいと。

ああいうやつだったらこれからいくらでも伸びるだろう。

でも僕は違うんだ。もう僕に期待しないでくれ。現実を見て欲しい。事実を認めて欲しい。あなた方の子供は、あなた方が思うほど優秀ではありません。

そう伝えたかったが、やはり口に出すことはできなかった。ラクなほうへ流れたい気持ちもありながら、いやもしかしたら、死ぬ気で頑張ればどうにかなるんじゃないか、という考えも捨てきれなかった。

そうだ、きっと諦めるにはまだ早い。

また胃のあたりが重くなったような気がしたが、唾を飲み込み、なんとかおさめる。とにかく苦手科目の克服だ。

目の前にあることをひとつずつ、こなしていこう。それしかない。

『ハイクラス徹底問題集』『最高水準特選問題集』を開く。

ぱっと見ただけで、もう目が拒否している。こんなのを解ける同い年がいるのか。いや、いるんだ。しかもスラスラ解けるやつが。どう考えたって太刀打ちできるわけがない。多分もう最初から頭の作りが違うんだ。

問題集を前に文字通り頭を抱える。

このままこの田舎町にいて、地元の高校へ進学するなら、そこそこのところへ行けるだろう。何せ人口が少ないから、学校の数も決まっていて、選択肢も少ない。

一応進学校と呼ばれるところはあるものの、都会のそれに比べれば、ゆるいものだ。うちの中学で言ったら、一番から三十番ぐらいにいればだいたい行ける。僕もそこなら余裕を持って入れる。こんな追い詰められるような焦った気持ちにならなくてもいいのに。

事実、そこを狙っている生徒など、のんびりしたものだった。受験まであと一年といっても、がむしゃらにやっているような人は、ほとんど見受けられない。

三年になったら、ようやく先輩がいなくなるから、部活も学校行事も、自分たちの思った通りにやれると楽しみにしているような連中ばかりだ。

僕もここにずっといるのなら、彼らのように楽しめただろう。

ひとりだけ周りのみんなと違うのは、こんなにも孤独なのか。

母は「ほかの子たちからすれば、みんな修ちゃんのことを羨ましいって思ってるわよ、きっと。こんなつまらない田舎を飛び出して東京の学校に行けるんだから。代われるものなら代わって欲しいって言うわよ。それに大学受験のことを考えたら、どうしたって都会の学校とは差がつくもの。意識が違う。三年後に気がついたときには遅いのよ。修ちゃんの人生にとっては、プラスなことなのよ」と言うけれど、そうだろうか？

いや、今はそんなことを考えるのはよそう。考えたところで決して覆らないことに、時間と労力を使うのは無駄だ。それより今は少しでも数学の応用力をつけるのが先決だ。

とはいえ、ハイレベル問題は、解答を見ても、一向に理解できない。

やばい、焦る。

僕は休み時間も机に向かって、問題集を開くことが多くなった。

クラスメートは、僕が卒業後、東京に越すことをみんな知っていたから、からかったり皮肉を言うようなのはいなかった。むしろ同情的な目で見られ、自分たちは地元であよかった、というような、心のささやきさえ聞こえるような気がした。

その日も、塾の帰りだった。部活は囲碁将棋部に入っていたが、ここはほとんど活動がなく実質帰宅部だったので、学校から帰るとほぼ毎日塾通いだった。

バスと電車を乗り継いで市内の塾に行き、午後九時過ぎに帰る。乗り物の中でもテキストを広げる。

今日の授業を振り返る。講師の言葉を思い出す。

定期テストは九十点以上取れるのに、実力テストや模試の結果が良くないのには、はっきりとした理由がある。持っている基礎知識を正確に引き出す能力が欠けているのだ。

問題を見ても、果たしてどの情報を使って解くのか、ぱっとひらめかない。このひらめき力をつけるのには、多くの問題を解くしかない。しかしわからないからといってすぐに解答を見てはいけない。答えを見て、解き方がわかったような気になっても、実際に自分でやってみると解けない。難問に時間をかけ、様々な方法を考えながら解答を探す。これがダメならまた別の方法を探す。そうすることで応用力が身につく。

わかっているよ、わかっているさ。

話を聞けば、なるほどと思う。その通りだ、とも。

けれどなかなか思った通りにはいかない。全然うまくいかない。

バス停で降りたのは僕ひとりで、あたりはすっかり暗くなっていた。

知らずに深いため息が出る。

「よおっ」

後ろで声がした。振り返ると同じクラスの中原だった。ランニングをしていたようだ。

「こんな時間に、どうしたんだよ?」

屈託(くったく)のない笑顔を浮(う)かべ訊(き)いてくる。

「塾の帰りだよ」

「へぇ、大変だな。ああ、坪田って東京の高校行くんだっけ？」

「うん、まあ。中原は、あれだろ、西森高校だろ？」

「まあ、多分な。ほかに選択の余地ねーし。ここじゃ選べるとこ、限られてっからな」

「もったいないよ。お前だったら、もっといいとこ行けるのに」

「いや、十分さ。ここでまた代わり映えのしない生活だよ。その間に坪田はシティボーイか。いいよなー、東京。俺も行きたいよ。十代のこの貴重な三年間をどこで過ごすかって、その後の人生に意外に影を落とすような気がするもんな。俺も違う風景を見てみたいよ。こんな果物と野菜の畑ばっかじゃないとこのさ。羨ましいよ」

「じゃあ代わってくれよっ。そんなこと言うならっ」

自分でも意外なほど大きな声が出た。驚いた顔で中原が見ている。

「あ、ごめん。俺、ちょっと」

目をそらして、横を向く。

「いや、俺こそ、なんかごめん」

しばらくの沈黙があって、

「東京、行きたくねーの？」

中原が訊いてきた。

「い、行きたくなんかねーよ。みんなとおんなじ、ここにいてここの高校行きてーよ。部活も修学旅行も同じように楽しんで、ここで変わらず暮らしたいよ。もう塾にも行きたくないし、模試も受けたくないし、ハイレベル問題なんか見たくもない。もう嫌だよ。嫌なんだよっ」

中原にこんなことを言っても仕方がないとわかっているのに、最後まで吐き出してしまった。言いながら自分は単に逃げたいだけなのだということも、理解していた。

ラクなほうに、ラクなほうに。自分の情けなさに惨めな気持ちになる。

「そんなに嫌なのか、東京に行くの」

「ああ」

ぶっきらぼうに答える。

「いたいんだよ、ここに。ずっと」

甘えだと自分ではわかっている。勉強が思うようにいかないから、そっちに流れようとしている。言ったって仕方がないことなのに。

中原が空を仰いだ。

「俺、行くわ」

きまりが悪くなってそう言うと、中原も、

「おう」

と短く答えた。

中原がしたように、夜空を見上げると、星のまたたきが目にしみた。


次の日、なんとなく中原と顔を合わせづらかったが、彼は全くいつもと変わりない様子だった。安堵する反面、昨夜のことなど、あまりにも全く気にも留めていないとしたら、それはそれで「ちぇっ」という気分だった。

でも所詮そんなものなんだろう。全ては他人事だ。誰にとっても。

それから二週間ほどたった。相変わらず塾で出される数学の難問には歯が立たず、自分は本格的にダメなんじゃないか、と考え出すと、いてもたってもいられない気持ちになる。

一方で、自分はなぜこんなことで苦しめられなきゃいけないんだ、という理不尽な怒りが湧いてくる。こんなこと、社会に出たらきっとなんの役にも立たない。現に大人はみんなそう言っている。学校の勉強なんか、大人になったらなんの役にも立たないって。

だったらなんでこんなに苦しめるんだよ。この苦痛になんの意味があるんだよ。

塾の帰り、バスを降りると、中原が立っていた。ランニングの途中ではないらしい。

僕の顔を見ると、ニコッと笑う。

「この前、この時間だったからさ」

「何、わざわざ待ってたの？」

「わざわざ、っていうわけじゃないけど、いやまあそうかな」

並んで歩き出す。なんだろう、なんの用事だろう。考えていると、

「あのさあ、この前のことなんだけど」

中原が足元に視線を落としながら言う。

「何？」

わかっているけれど、わざとそう言う。

「東京行きたくないっていうの。こっちの高校行きたいって。あれ、本気か？」

「もちろんだよ」

「そっか。だったらさあ、俺んちから通えば？」

「は？」

何を言っているのかわからなかった。

「だから高校。坪田も西森高校だろ？　行くとしたら。だったら俺んちから通えばいいじゃん、って」

「いやいやいや、意味わかんないんだけど」

「だから、俺んちに下宿すれば？　いやマジな話。おふくろに訊いてみたらさ、いいわよってあっさり。うち兄貴と二人兄弟なんだけど、男の子がひとり増えたところでそう変わんないからって。そういうとこ、鷹揚なんだよ、うちの親。幸い空いている部屋あるしさ。昔、じいちゃんが使ってた部屋だけど。あ、大丈夫、幽霊とかは今んとこ出てないから、多分、わかんないけど。もしそこがヤなら、俺の部屋シェアでもいいし。かなり狭くなるけど。そこクリアできれば」

「ちょ、ちょっと待って。そんな、急に、そんなこと言われても」

「うん、まあそうだよな。でも早めに言っといたほうがいいかなって。そういうのもあるってこと」

「なんで、そんな、なんでそこまで」

だって俺たちそんな親しいわけじゃないだろ、と言いかけてやめた。

多分中原にとっては、そういうことではないのだろう。

「まあまだ時間的には余裕あるから、きちんと気持ち固まったら、改めてうちの親からそっちのうちに話すると思うし。具体的なことはそれからで」

真剣な目で見る。

「お前ってさあ」

言いかけて次の言葉が出てこない。

「なんだよ？」

「いや、なんでもない」

いいやつだな、いやそんな簡単な言葉じゃない。

もっと、違う、別の何か。

今この胸に広がった気持ちをなんて言えばいいんだろう。

「でもただひとつ問題があって」

中原が顔をしかめる。

「え、なんだよ」

「うちの母ちゃん、料理あんまし得意じゃねーの。愛情はあるんだけどな、それが料理のクオリティに全く反映されないの。高校の弁当は多分冷凍食品ばっかりになると思う。そこが最大の懸念事項。そこは大丈夫か？　ま、今の冷食は、ホントうまいのいろいろ出てっから、そこまで心配しなくてもいいかもしんないけど。あとこれはいいか悪いかわかんないけど、弁当のメニューが毎日俺とおんなじっていう……男二人お揃い弁当」

そこまで聞いて耐えられず吹き出す。

お前ってホントに。

でもやっぱりしっくりくる言葉が出てこない。大ウケして笑いすぎで涙が出てきたふりをして、目を拭う。

「とにかく、そういうことだから。考えといてくれよ」

「おう」

その夜は久々にぐっすりと眠れた。安堵感が体の細部にまで広がる。

肉親以外の人が、ここまで思ってくれるのは初めてだ。それがどんなに心を強くするか知った。肉親ではないだけに、それは余計に貴くありがたいと感じた。

僕は、大丈夫だ、そう思えてくる。

しかしその一方で、ここに残り中原の家から高校へ通うことはないだろうという確信があった。僕は東京の高校を受験して、そこに通うだろう。そのことは今までよりも明確になった。

中原の家が嫌なわけではない。だがそれはないな、と思う。中原が、ああ言ってくれただけでもう十分だった。もしかしたら中原の提案に、保険のような逃げ道を見出したから、安心したんだろうか。

でもそれ以来、前よりも落ち着いて受験勉強に取り組めるようになったのも確かだ。

中原はそれからも学校で会ってもいつも通りだった。目が合えば、笑い返す。

ある時、その目を見て、はっとひらめくものがあった。もしかして中原は、ここまでわかっていて、あんなことを言ったんじゃないだろうか。逃げ道を提示することで、僕の焦りを鎮め、受験に向き合えるようになることを見越して。

だが、もし中原の提案通り、ここに残ることになったとしても、それはそれでいい、と考えていたのかもしれない。

中原ならありうる。

まいったな、かなわないよ、お前には、全く。

進路が決まったら、訊いてみようか。いやもっと後がいいか。もっと時がたったほうが。

大人になって、どこかで再会したときにでも。

そのほうが答えやすいだろう。それでも彼は「そんなことあったかなあ」と言うかもしれない。今と変わらない笑顔で。

そんな気がする。

やりかけの問題集を開くと、そこには以前よりずっと多くの書き込みがあった。

まず初めに父さんがいなくなった。

もともと父さんは家を空けがちで（それは仕事のためもあった）、父親不在は珍しいことではなかったが、この時は本気でいなくなった。行方をくらました。

向こうから「探さないで欲しい。本当に申し訳ないと思っている」と、母さんの携帯にメールがあり、明らかな意思を持って自らいなくなった。果たしてひとりなのか、それとも誰か一緒なのかもわからないが、父さんはその手の問題（つまり女の人のこと）をよく起こしていたので、その可能性は高い。勤めていた会社も辞めていた。

もともとひとつの職を長く続けたことのない人で、三、四年周期で、それまでやっていた仕事を辞めて、全く違う職に就いたりする人だった。

今回もその節目だったのかもしれないし、そうではないかもしれない。

よくわからないうちに、今度は母さんが男の人を家に連れてきた。どう見ても母さんよりかなり年下だった。

ある日その人は突然我が家のダイニングにいて、学校から帰ってきた僕に、

「お帰り」

当たり前のように言った。だから僕も思わず、

「あ、ただいま」

言ってしまった後で当然ながら「誰？」という疑問が浮かぶ。

男は、まるで昔からそこにいるかのように、父さんの席に座ってテレビを見ていた。夕方の再放送のドラマを、さして面白くもなさそうな顔で見ている。

奥から洗濯物を抱えた母さんが出てきて、

「ああ、お帰り。ご飯、もう少ししてからでもいい？　カレーにしようかと思ってるんだけど。それまで我慢できなかったら、塩せんべいでも食べてて」

普段と変わらぬ様子で、男について触れようともしない。それは意識して、というよりごく自然な感じでなので、一瞬そのままスルーしそうになるが、

「あのさ、誰かいるんだけど」

男にちらりと目をやると、母さんはそこで初めて気がついたとでもいうように、

「ああ」

声をもらし、

「お父さんもいなくなったしねえ」

つぶやくように言い、それだけだった。

「できたよぉ」

の声に呼ばれて、食卓(しょくたく)に着くと男はこれまたごく自然に、

「いただきます」

カレーを食べ始める。

細身だが、掬(すく)うひとさじが大きく、口を開けて勢いよく掻(か)き込(こ)むさまは、見ていて気持ちよかった。

「どうかな？　中辛(ちゅうから)なんだけど」

母さんが訊(き)くので、応(こた)えようとすると、

「うまいよ。やっぱ、中辛がちょうどいい」

男が言い、母さんが、

「そう？　よかった」

笑顔を見せる。

「だよね？」

不意に男がこちらを見て、目が合う。野生の生き物を思わせる目だ。

「えっ」

「だから中辛が一番ってこと、カレーは」

「あ、まあ、そうですね」

男は、にっと笑ってまた豪快(ごうかい)に咀嚼(そしゃく)し始める。

「ミチ、おかわりは？」

母さんが、男に顔を向ける。ミチ。ミチオとかミチヒロとかいう名前なのだろうか。

「ご飯少なめのカレー多めで」

「はい、はーい」

母さんが、ミチの皿を手に立ち上がる。僕の皿のほうが先に空になってるんだけど。

「あ、僕も」

皿を差し出すと、

「あ、もうないわ」

「えっ」

「嘘、うっそー」

三人で笑う。いや笑っていていいのか、この状況下で。

とりあえずカレーはうまかった。


これは、ドラマなんかでよく見る「この人が今日からあなたのお父さんよ」的なものと考えていいのだろうか？

実際彼は、父さんの使っていた椅子に平然と、というか、当然のように座っているし。

「あのさあ、あの人って、何？　なんでウチにいるの？」

彼が風呂に入っている隙に母さんに訊く（彼は当然のように一番風呂に入った）。

「今、男手がないし」

「俺がいるじゃん」

言って思った。

母さんが言っているのは、男手じゃなくて、男っ気ってことだろうか。生々しすぎる。

自分の母親が、と思うと気分のいいもんじゃない。一応思春期なのに。

女子や男子でももっと繊細なやつは、拒絶反応を起こすんじゃないだろうか。だが幸い僕は女子でも、繊細な男子でもないから、ちぇっ、なんだよそれ、と思っただけだ。鈍きもの、幸いなり。考えないことにする。

考えない、そう、これが僕の短所でもあり長所でもあるのだ。何事も深く考えない。今までもそうやってきた。大抵のことはそれで収まってきた。全て世はこともなし。

この性質は両親から受け継いだものといっていいだろう。

そもそも僕の両親は、どうやら駆け落ちしたらしく、流れ流れて、この田舎町にたどり着いたらしい。どういういきさつがあったのか、このことだけはかたくなに口を閉ざしているので、知るすべがないが、この家は、スタートからしてそんななのだ。

すでに世間の常識の外にいる。だから親戚も、双方の祖父母も知らない。最初からどこかネジが一本外れてガタついた家族だったのだ。

しかし駆け落ちまでしたというのに、父さんはたびたび問題を起こし帰ってこないことが多かったし、母さんは、何に対してもどこか上の空のようなところがあった。

一緒にいるときは喧嘩ばかりしていたが、どちらもいきあたりばったりなところはよく似ていた。

つまり物事をあまり考えない二人が一緒になり、生まれたのが僕だった。

だから今回もなるようになるだろうと思っていた。このまま離婚して、この男が父親になったとしてもそれはそれでいい。仕方がない。

ミチと呼ばれたその男は、リビングのソファーで寝て、母さんは今まで通り、自分の部屋で寝ていたが、実際のところどうなのかはわからない（極力考えないようにした）。

昼間、母さんは、パートに出ていたが、男はずっと家にいるようだった。

朝学校へ行くときはまだ寝ていたし、帰ってくると、父さんの定位置の席について、テレビを見ていて、夕飯は母さんが用意したものを三人で食べた。

特に会話が盛り上がるでもなく、かと言って静まり返るのでもなく、男も僕に気を使う様子は微塵もなく、初めて会ったときと同じように、遠慮の素振りすらなく、よく食べ、一番風呂に入っていた。

だが一週間ほどすると今度は母親がいなくなった。

僕のスマホに「しばらく家を空けます」とだけ短いメッセージを残し、その後連絡が取れなくなった。

前日までは普段と変わらない様子だったし、別に男と喧嘩をした形跡もない。

母さんは、近くの弁当屋で惣菜を作るパートに出ていたが、いなくなる前日も普通に出勤していた。

次の日の朝、勤め先に「家の都合でしばらく休みます」という電話があったという。

「どこ行ったか、知らないですか？　なんか言ってなかったですか？」

僕がその男、ミチと、面と向かってまともに話をしたのは、これが初めてだった。

「いや、何も。朝起きたら置き手紙と、お金が入ったこの封筒があるだけで」

男が手紙と茶封筒を差し出す。手紙は確かに母さんの字で、僕のスマホに送られてきたメッセージと同じ文言があり、当分の生活費だろうか、茶封筒には十万円が入っていた。

「とりあえず、帰ってくるのを待つしかないかあ」

男、ミチはのんびりした口調で言った。

まあ、そうだろう。確かに今できるのはそれしかない。

しかしほんとに母さんは、どこへ行ったんだろうか。いつ帰ってくるんだろうか。

父親みたいにこのままいなくなる、なんてことはないだろうな。

でももしそうなったら、僕はどうなるんだろう。児童相談所の人とかが来て保護されるんだろうか。いや、僕ひとりだったらそうなるかもしれないけど、一応大人がいるんだから大丈夫(だいじょうぶ)だろう。

児童相談所に引き取られて施設に入れられるよりは、この男としばらくここで母の帰りを待つほうが、まだマシな気がした。

こうしてよく知らない男との同居が始まった。

冷静に考えてみればかなり異常な状況(じょうきょう)なのだが、ここでも僕の「あまり考えない」特性が発揮され、そのまま流される。とりあえず流れに乗り、流され行き着いた先でようやく考える。要するにいきあたりばったり。でもこれまでの経験から、物事はなるようになるし、なるようにしかならない、と知っていた。

僕はやっぱりあの二人の子供なんだと改めて思う。

実際、男、ミチがいてくれるのは助かる面が多かった。

母さんがいた頃(ころ)は、朝寝坊(あさねぼう)をして、料理なども任せきりのミチだったが、母さんがいなくなってからは、朝もきちんと起きるし、朝ごはんも用意し、夕飯も作ってくれた。

意外だが、料理はうまかった。朝はお店で出てくるような表面が滑(なめ)らかで綺麗(きれい)な色のオムレツが手早く出てきたし、餃子(ギョーザ)やハンバーグはきちんとタネから作った。味も申し分なかった。

「とっても美味しいです」

素直に感想を言うと、

「まあこれくらいできないと、ヒモはやっていけないからな」

サラリと返す。特に表情が変わっていないところを見ると、冗談ではないらしい。

ヒモ。母さんともそうなるつもりで来たんだろうか。

「えっと、母さんとは、その、どこで知り合ったんですか？」

「道で拾われた」

「えっ」

「道で倒れてたら拾われた」

ああ、だからミチ。ってこれで納得していいのか。

でもこれ以上突っ込んで訊くと、息子としては聞きたくないようなことまで出てきそうな予感がしたので、ここでやめておく。

しかしミチは、よく見ると顔立ちも整っていたし、長身で手足も長かったから、ヒモとしての需要は確かにありそうだった。

ミチはその他の家事も、手際よくこなし、洗濯もちゃんと柔軟剤を使い、靴下やシャツの襟は洗濯機に放り込む前に軽く手洗いしたし、シャツにはアイロンがけをして、まるでお店にディスプレイされているみたいにきれいに畳んだ。掃除も、僕が学校へ行っている間にこまめにやってくれているようで、正直母さんがいた頃よりも家の中は綺麗になった。

ヒモの本領発揮といったところだろうか。そういうこともあってか、日々は、はるかに穏やかに快適に過ぎていった。

これでいいのかという思いもしないではないが。

ある日、定期試験も近いので、一番苦手な数学に取り組んでいると、どうしてもわからない問題に突き当たった。参考書を調べてみても、今ひとつ理解できない。

どうして、これがこうなるのかなあ。

こういう時はできる人に訊くのが一番早い。訊いてみたら、案外、なんだそういうことかということも多い。自分ひとりだと永遠に到達できそうもないような考え方のヒントをもらえたりする。

ミチはどうなんだろう。あまり勉強は得意そうに見えないが、意外にこういうタイプが高学歴だったりすることもある。一応訊いてみるか。

ミチは、台所で洗い物をしていた。食器かごには、秩序正しく皿が並べられている。母さんは、洗ったものからどんどん重ねていくやり方だったので、当然皿は不安定な積み上げ方になり、次に使うときは、その山から、まるでジェンガというゲームのように、崩さないように必要なものをそうっと取り出そうとし、派手な音とともに山を崩し、結果、皿を割ったりしていた。

「あの、ちょっと訊きたいこと、あるんですけど」

「え、何？」

ミチが、洗う手を止めて振り向く。

「数学の問題なんだけど」

「ええっ、学校の勉強か。そりゃ無理だな。特に数学なんかは」

やはり、か。まあ、それほど期待はしていなかったけど。

「じゃあ、ミチさんは、何が得意だったんですか？　学生時代」

「うーん、勉強全般は苦手だったけど、強いて言えば道徳かな」

「道徳？　ってあの道徳ですか？」

「そう、人の生きる道を説く道徳」

ヒモなのに、しかも今、人に言うには憚られるようなこの状況下で、よく言うよ。

「道徳、ですか。なんか今までまともに授業受けた記憶がないなあ。音楽会の練習とか、体育祭の準備とか、ほかの教科に振り当てられちゃうことも多いし」

「何言ってんだよ。道徳は、きちんと教科化されて評価もつくんだぞ。世の中がようやく道徳の重要性に気がついたんだよ。人の学ぶべき学問なんだって」

いつも穏やかなミチにしては、珍しく口調が熱くなっている。

「はあ。えっと、じゃあ道徳が得意だったミチさんが心に残っている授業とか教えとかあるんですか？」

「息ができるならまだ大丈夫だ」

「はい？」

「小学校の道徳の時間に、担任の先生が教えてくれたんだよ。トルコのことわざだって。『どんなに絶望的でひどい状況でも、息ができるならまだ大丈夫だ』って」

「でもそれって普通じゃないですか、息ができるのなんて」

「それが違うんだよ。生き埋めにされたり、頭から袋をかぶせられたりしたら、息ができなくなるだろ」

「そりゃそうですけど、まさかそんな映画や小説じゃあるまいし」

「現実に起こることだから、映画や小説になるんだよ。息ができないような状況になって、初めて息が普通にできるありがたさに気がついたときにはもう遅いんだよ。人間、息ができなくなったらおしまいだよ。だからまだ息ができれば、息さえできれば、大丈夫なんだ」

「でもそんなことって滅多にあることじゃないでしょ」

ミチの表情が不意に色濃く翳る。

「日常なんて一瞬で奪われるんだよ。自分では気がつかないだけで、すぐ隣には、ぽっかりと大きな闇が口を開いているんだよ、誰しも」

最後のほうの言葉は、僕を見ていながら、その目は違うものに向けられているかのようだった。


定期試験も終わり、日曜日、陸上部の競技大会があったので、隣町の中学に行った。

昼、中原の隣で弁当を広げる。中原は午前中の百メートル予選を余裕で突破していた。

僕も走り幅跳びはなんとか予選を通過した。

「お、なんか今日の弁当、すごくね？」

中原が僕の弁当を見て言った。

鶏の照りやき、さつまいものレモン煮、ピーマンのおかか和え、だし巻き玉子、がきれいに詰められている。

「そうかあ？」

「うん、なんか、さりげないけど手間がかかってる感じ。見てわかる。うちのとは真逆だから。うちの母ちゃん、マジで料理苦手だから。オール冷凍食品だよ。お前の母ちゃん、料理うまかったんだな」

「いや、これ、母ちゃんが作ったんじゃないから」

「えっ、誰よ？　誰？　もしかして彼女の手作り弁当とか？」

「まさか、ちげーよ。男だよ、作ってくれたのは」

「えっ、お前まさかのそっち系だったのかよ？」

「んなことあるわけないだろっ。実はさ」

なぜだか自然と中原には話せた。いや中原だから話したくなったのかもしれない。

これまでのいきさつを、気がつけば全て正直に話していた。

「それって結構大変なことになってないか？　第一よく知らない相手と一緒に住んでいる

ってことからして、ヤバさしか感じないんだけど?」

「いや、そんな変な人じゃないよ。家のこととかよくやってくれるしさ」

「いやいや、そういうことじゃなくてさ」

「あ、」

まさに噂をすれば、だった。

前方から、今その話題になっていたミチ本人が校庭を横切りゆったりとした足取りでこっちにやってくる。

「場所、ここだって聞いてたから、ちょっと見に来た」

僕を見て、にっこり笑う。こんなふうに笑う人だったっけ。

「あ、うん。ありがとう」

じわっと脳が痺れるような感覚があった。父さんも母さんも、僕の試合を見に来てくれたことなんかない。

中原が僕らの顔を交互に見て、何か言いたそうだったが、結局曖昧な笑顔を浮かべただけだった。

月曜日、昼休みに中原が来た。

「昨日は、お疲れ」

「中原は優勝おめでとう」

僕は結局準決勝までしか進めなかったが、中原は百メートル走を大会新記録で優勝していた。彼の兄も、有望な陸上選手だったというから血筋なんだろう。

「で、昨日見に来てくれた人のことなんだけど、松尾と同居しているっていう」

「え、あ、ミチさんのこと？」

「あの人、ホントに大丈夫なのか？」

「何が？」

「信用できるのかってこと」

言葉に詰まる。そんなことを考える前に、こうなっていたからだ。本当はそうなる前にちゃんと考えなくちゃならないことだったんだろうけど。

嫌なことからは目をそらして、とりあえず流されてみる性格が招いた事態だった。

「なんか、あの人、普通じゃない人のような雰囲気あったから」

「そうかあ？」

「そんな人と、同じ屋根の下で暮らすなんて。お前、身の危険とか感じたことないか？」

「なんだそれ」

「相手が男だからって油断できないからな。いや、むしろそっちの危険性のほうが高いこともある」

「え、なになに？　ミチさんがゲイかもしれないってこと？　いや、それはない。だってあの人ヒモしてたんだから」

胸を張って言えることじゃないけど。しかしゲイとかヒモとか、中学校の休み時間にする話題か？　女子に聞かれたらどうする。

「そんなの安心材料にならないよ。バイってこともあるんだから。まあ、そうじゃなかったとしても、お袋さんって、本当にどこかへ行ってんのかな？」

「え？　どういうこと？」

「いや、例えばさ、しばらくどこかに行っているっていうのは、その男の偽装工作で、実はもう」

そこまで言って、中原は口をつぐんだ。

「なんだよ？　言えよ」

「殺されてどこかに埋められているとかさ」

「はあ？　なーに言ってんだ、オメーは」

「この前見た映画でそういうのあったんだよ。その家の財産を乗っ取るためにさ、最初は妻と愛人の男が共謀して、夫を殺すんだけど、男が裏切ってその妻も殺して財産を手に入れようとする話だった。最後にはその子供も手にかけようとするんだよ」

「アホか。お前、サスペンスの見すぎだよ。んなことあるワケないだろ。第一、うちはそんな財産なんてねーよ。家も借家だし。俺んとこなんか殺してもなんのトクもねーよ。ああ、あれか、お前の幼馴染で小説書いてる、三木明日香だっけ？　あいつの影響か？　お前も小説書けるんじゃね？」

笑いに持っていこうとしたが、中原の顔はあくまで真剣だった。

「大丈夫だって。心配してくれんのはありがたいけど、心配の方向が違ってんだよ」


その夜は、雨が降っているせいか、この時期にしては肌寒かった。

珍しく寝つけずにいると、部屋のドアがすっと開いた。

え、ミチ、さん？

背を向けていたが、部屋に入ってくる気配がした。傍らに立ち、僕を見下ろしているのが、見えなくてもわかった。

体に力が入ったが、とりあえず寝たふり、寝たふり。

するとミチさんが僕の横に座り、かけ布団に手をかけた。

えっ、えっ、何？

まさか、まさか、いま俺、最高にヤバい感じ？

身の危険度マックス？

中原の言葉が蘇る。

――相手が男だからって油断できないからな。バイってこともある。

ど、どうしよう。俺、ま、まさか、やられちゃうの？

ミチさんがはだけていた布団を首元まで上げ、かけ直す。ミチさんの指が喉に触れた。

あ、これはもしかして。

また中原の言葉が蘇る。

――その子供も手にかけようとするんだよ。

え、殺されるの？

ヤられるんじゃなくて？

いや、ヤられて殺られんの？

うわ、最悪だよ。どっちかにしてくれよ、いやどっちもやだよ。

呼吸、呼吸、うん、息ができるからまだ大丈夫、って、これ教えてくれたの、この人じゃないか。

どうする？　目が覚めているアピールしようか？

それとも一気に反撃？

力は五分五分な気がするけど。

しかし、しばらくしても何も起こらなかった。

極力自然に寝返りを打ち、恐る恐る目を開けてみると、僕の真横に横たわっているミチさんと目が合った。

小玉電球の灯りの下で、黒々とした瞳が濡れていた。

「ごめん。起こしちゃったか？」

洟をすすりながら、ミチさんが訊く。

「いや、そんな、まだ寝てなかったし」

「ごめん。今夜だけ、ここで寝ていいか？　誰かの寝息が、そばにないと、眠れない夜があるんだ。闇に押し潰されそうで、どうしても独りじゃいられないんだ。ごめん、今夜だけだから」

こんなふうに懇願されて断れる人がいるだろうか。

「いいですよ、もちろん。寒くないですか？」

僕は自分の毛布を半分かけてあげた。

「ありがとう」

ミチさんは、毛布の中で胎児のように身を丸めた。しばらくすると静かな寝息が聞こえてきた。目頭に涙が溜まっている。泣きながら眠る大人を僕は初めて見た。

ミチさんの寝息を聞いているうちに、僕にも眠りがやってきた。

翌朝、下駄箱のところに中原がいたので、羽交い締めにする。

「中原ーっ。お前が変なこと言うから、昨夜大変だったんだぞ。変な気使って疲れたワ」

「え、何がだよ？」

訊かれても、今回は話さないでおくことにした。またあらぬ方向に誤解されても面倒だ。

部活を終え学校から帰ると、珍しく家に来訪者があったらしく、玄関先(げんかんさき)に人影(ひとかげ)があった。

「ただいま」

「あらあ、お帰りなさい。圭(けい)君、久しぶりね。また背が伸びたんじゃない？」

母と同じ弁当屋さんでパートをしている林(はやし)さんだった。五十前後のよく肥えたオバちゃんだ。ミチさんが手に大きな紙袋(かみぶくろ)を下げている。

「今ね、お惣菜、残ったの詰めて持ってきたのよ。史恵(ふみえ)さん、どうしてるかと思って。店長から、しばらく休むって聞いてはいたけどさあ。アタシはてっきり体調でも崩してるんじゃないかと思って心配してたんだけど、もう幾日もどこかに行ってるんだって？　それで今はこの親戚の人があんたのこと面倒見ているって言うじゃない。アタシ、驚(おどろ)いちゃって。だって史恵さん、駆け落ちして実家出てきたから、親戚づき合いなんて全然ないって言ってたから」

母さん、そこまで話してたんだ、この人に。

「あ、いや、たまたま、この、い、いとこのミチ兄さんに、そう、偶然(ぐうぜん)、偶然先月再会して、それでつき合いが復活して」

「へえ、偶然、ねえ。どこで？」

「えっとお、ど、どこだったかな。忘れちゃったな」

「先月のことなのに？」

グイグイ攻めてくる林さん。

マズいな、完全に疑ってかかってる。ミチさんがひと言も発しないのが、せめてもの救いだった。

僕らの言うことに、つじつまが合わなかったら、もっとマズい事態になる。

林さんは、眉根を寄せて、納得いかない表情をありありと浮かべ、僕たちの顔を交互に見比べている。

「あっ、と、今日宿題たくさんあるんだった。お惣菜ありがとうございました。早速頂きます」

にっこりと笑みを浮かべてお辞儀をしたが、林さんの唇は不満げに歪んだままだった。

次の日の放課後、担任の矢崎先生に呼び出される。

「松尾、家庭で何か困ったことになってないか？」

どきりとする。

いや、家庭の困ったことは今に始まったことじゃないけれど、さすがに今回のことは格別か。

「今、ご両親、家にいないんだって？」

「あ、はい」

やっぱり中学生の保護者不在は、学校としては看過できない、か。

「今日の午前中、地域の方から電話があって、松尾が、両親の留守中に、成人男性と二人で暮らしているってことなんだけど」

「あっ、それは母親が知り合いの人に、自分のいない間僕の世話を頼んだんで」

「知り合い？　親戚じゃないのか」

しまった。思わず下唇を噛む。

「とりあえず今日これからおうちへ伺うよ。先生もその人と直接話がしたいから。確認したいこともいくつかあるし。何かあってからじゃ遅いからな」

何かって。

「場合によっては、児相に連絡ってことも」

児相？　児相って、児童相談所のこと？

どうしよう、これは男二人のアヤしげな関係を疑われているだけじゃなくて、事態はもっと深刻な方向へ行きそうだ。

未成年者ナントカ容疑。迷子を保護しても、すぐに警察に連絡しないで自宅に連れ帰ったりしたら、逮捕されるんだっけ？

僕の場合も、母さんがいなくなった時点で学校か児相に相談すべきだったと言われるだろうか。でも母親が了承しているわけだし。

だけどミチさんは、どう見ても身元の確かな大人とは言えない。仕事もしてないみたいだし。いわゆる、住所不定職業不詳、社会的信頼性が高いとは言い難い。このまま先生に会わせたら、マズいことになりそうなことはわかる。

先生と一緒に学校を出て家に向かっている最中も、必死で対応策や言い訳をひねり出そうとしたが、いい考えは浮かばない。

こんな時のために、ミチさんと口裏を合わせるとかしておけばよかった。

深く息を吸い込み、ゆっくりと吐き出す。

よし、大丈夫だ、まだ息はできる。

もう一度息を吸いこもうとしたとき、一瞬その息が止まりそうになる。

前方に、ミチさんの姿があったからだ。

片手をズボンのポケットに入れ、ぶらぶらと気の抜けたような歩き方でこちらにやってくる。

どうしよう。悪いことは少しでも先延ばしにしたいのに。

一本道で、今更ルートを変えるわけにもいかない。いや、そんなことをしたら却って怪しまれる。

ミチさんは、まっすぐこっちを見ている。気がついただろうか。眼鏡は使っていないから、目は悪くないはずだ。

向こうから声をかけてくるだろうか。

いつもみたいに、初めて会ったときみたいに、僕を見て「お帰り」と言ってくるだろうか。

ミチさんの顔は、まっすぐに前方を向いている。

逃げて。

隣にいる先生に気づかれないようにして、無音で口を動かす。

に・げ・て。

もう一度口の動きだけで言った。

言った途端、今この状況で僕らに背を向け逃げ出したりしたら、そっちのほうがよほどマズいことに気がつく。しかしミチさんは、顔色ひとつ変えずに、急に歩を早めることもなく、僕たちとすれ違った。

僕と目を合わすこともなく。僕は思わず振り向きたくなる衝動を堪えた。

家に帰ると、当然ながら誰もいなかった。

「出かけられたのかな?」

「そうみたいですね」

先生には、居間で待ってもらうことにしたが、ミチさんは、どれくらいで戻ってくるだろうか。なるべく外で時間を潰してきて欲しいが、買い物だとしたらそれほど長くはかからないだろう。

でもあの時僕らを見ても、声をかけてこなかったのは、何かを察したのだろうから、短時間では帰ってこないか。先生と雑談をしながらも、心ここにあらずで、気が気ではなかった。

小一時間ほどした頃、勢いよく玄関戸が開く音がした。

まだ早いよ、ミチさん。

冷や汗がどっと吹き出したが、顔を出したのは、なんと母さんだった。

「すいません、先生、お待たせしちゃって」

啞然とする僕を尻目に、母さんは何事もなかったかのように、にこやかな顔を先生に向ける。

「実家の母が、少し前に体調を崩しましてね、看病のために帰省していたんです」

実家の母？

「そうでしたか。それはそれは。もうよろしいんですか、ご実家のほうは」

「ええ、おかげさまで。何、いつものことですよ。もう年も年ですから」

よく言うよ。実家なんか全くの音信不通なのに。

でもこれが母さんの通常モード。眉ひとつ動かさずに、その場を取り繕える。

「私のいない間は、遠縁の子に家のこと見てもらってたんですが、やっぱりこっちのことが気にかかりましてね、早々に引き上げてきたんですよ」

「遠縁の。そうでしたか」

先生がゆっくり頷いた。

「でも留守中、思っていたより二人ともよくやってくれてたみたいで、良かったです。安心しました」

母さんが、ニカッと笑ってこっちを見る。ひとかけらの後ろめたさもないような笑顔だった。

先生が帰った後で、母さんにどうしてタイミングよく戻ってこられたのか訊いてみた。

「連絡があったからよ、ミチから。緊急事態だって」

なんだよ、二人は連絡取り合ってたのかよ。僕のメールや電話は無視していたのに。

「ミチさんは、今どうしてるの？　どこにいるの？」

「さあ、それがわからないのよ。使い捨て携帯、持たせていたんだけど、全然つながらないし。でもあの子、お金のことは、きっちりしてたのね。見てよ、きちんと細かくつけてある」

母さんが、広げたノートを僕に見せる。

そこには日々の買い出しのレシートや集金等の支払いと残金が明記され、母さんが置いていった茶封筒に過不足なくお金が入っていた。

「さすがドートク君」

「ドートク君？」

「あの子、本名ミチノリって言うのよ。『道徳』って書いてミチノリ。子供の頃のあだ名は、だからずっとドートク君だったんだって。笑っちゃうよね、完全に名前負けしてる」

「そう、だったんだ」

「知らなかったの？　十日以上一緒にいたのに、二人で何話してたの？」

そう言われれば、何を話していたんだろうか。苗字も、本名すら知らない関係だった。

「息ができれば、息さえできれば大丈夫だ、ってことかな」

「何それ？」

小首をかしげる母さんに、今度は僕が意味深に微笑む番だった。

「ああ、父さんね、もう帰ってこないから。今度ばかりはね、もう完全にダメだわ」

ついでのように母さんが言う。

もしかして母さん、父さんを探して連れ戻しに行ってたんだろうか。やっぱり離婚することになるんだろうか。

もしそうなったら、お金とか大丈夫なのかな。母さんのパートだけでやってけるんだろうか。

高校とか、私立は無理かな。

深く息を吸う。吐く。大丈夫だ、息はできる。

僕も、母さんも、多分父さんも。そしてミチ、道徳さんも。

この先、父さんとは会うことがあるかもしれないが、なぜだかミチさんとはもう二度と会えない予感がした。

闇の中で濡れていた瞳を思い出す。

母さんは名前負けしていると言ったけれど、僕はそうは思わないよ。

少なくとも僕には、道しるべになるものを残してくれた。

遠くにある星のように、その瞬(またた)きはささやかだけれども、確実にそこに在(あ)って、行き先を示してくれるだろう。

僕はもう一度深く、できるだけゆっくりと息をした。

昼休み

孤独の友

読書は、ひとりでしていても、みじめに見えない数少ない行為だ、と言ったのは有名な女性作家だった。

これだ、と思った。

それまでも本を読むことは嫌いではなかったが、特別好き、というほどでもなかった。

だが私が選択できる道はこれしかなかった。

ひとりぼっちの休み時間を乗り切るためには。

休み時間にはいつも本を読んでいる、読書が何より好きな少女、になりきることで、なんとか自分を保とうとした。

ええ、別に友人がいないのではありません、級友の輪の中に入れないのではありません、私はただ何よりも本を読むことが好きなんです。休み時間においても、この一分一秒さえ読書に費やしたいのです。ええ、おそらく活字中毒なんでしょう。だから放っておいてください。私はこれで幸せなんです。

という念を全身から滲ませよう、伝わらせようと、いかにも本に見入っているふりをする。

しかし本当は、教室のあちこちでできている女子グループの話が気になって仕方がない。

全身を耳にして、という表現があるがまさにその通りで、視線こそ本のページに落としているが、意識は女子グループの会話に集中している。

テレビドラマの話、数学の課題のこと、癖の強い先生の物まね、部活のこと、提出物の期限、話題はあちこちに飛び、実に楽しそうだ。

もし私がその場にいたら、こういう応答をしようと、シミュレーションする。

その時の私の役回りは、言葉少ないながらも、要所要所で「うまい」と思わせるような的確な受け答えをし、時折、さりげないが深いことを言う。そんなキーマンのような存在。

しかし実際は、グループの後ろで曖昧な笑みを浮かべているだけで、何か言おう、言おうと思っていながら、でもこう思われたらどうしようとか、こんなことを言って場をしらけさせたらどうしよう、などと逡巡しているうちに、話題が変わっていて、気がつけば時間が来ている。結果、ひと言も発せず、誰かの陰で、バカみたいな薄笑いを浮かべて、ただ突っ立っているだけということになり、そういう自分に耐えられなくなった。

自意識過剰なのだということはわかっている。

自分を良く見せたい意識が強い。話し上手で聞き上手、頭の回転が速い、ユニークな人物だと思われたい。

現実はかけ離れているにもかかわらず、その気持ちだけが突出して強い。

でも、もし何かとんちんかんなこと、場違いな発言をして恥をかいたら、失敗してしまったら、と思うとブレーキがかかり、踏み出せない。

要するに、私は見栄っ張りで自分を良く見せたいくせに、恥をかくのは嫌、という、目立ちたいのに自己保身の強い、実に嫌なやつなのだった。

そんなことを考えて自分で自分を疲れさせていた。

それならいっそ、そこから離れてしまったほうがいい。自ら場外に出てしまったほうが精神的にラクだ。

グループでもそうだが、二人で話すときも同じだった。

相手が私の話すことをどう思うだろうか、言いたいことは誤解なくうまく伝わっているだろうか、私の話は退屈させていないだろうか、もっとうまいこと、気の利いたことが言えないだろうか、そんなことばかり考えてしまう。

相手を楽しませたいというサービス精神もあるが、それ以上に自分が魅力的な人間だと思われたい意識が強いのだ。

つまり私はそういうどうしようもない人間で、結果、友達というものがいないのだった。そう、私には友達がいない。過去にもいたことがない。

そりゃあ学校に来れば挨拶(あいさつ)をしたり、少しばかり言葉を交(か)わす人はいるが、友達と呼べるほどではない。

友達がいない。己(おのれ)でこの事実を認めるには、時間を要した。

「お友達をたくさん作りましょう」

小学校の入学式で、校長先生が言った。

友達がたくさんいることはいいことだ。それは間違(まちが)いない。

でもたくさんどころか、ひとりの友達もできなかった場合、どうしたらいいのか。

「学校は友達を作るところでもあります」

とも先生は言った。

これは何がなんでも友達を作らなければ、というプレッシャーにもなった。友達を作るべき場所で友達ができない。チョコレート工場で、チョコレートが作られなくて、どうする。意味がないじゃないか。そんな強迫観念さえ生じた。

しかし小学校六年間、友達はできなかった。当時は、誕生会に呼んだり呼ばれたりするのが流行ったが、私はただの一度も誰からも招かれたことがなく、よって私も誰にも声をかけなかった。三月生まれだったので、呼んでくれた人を呼ぼうと思っていたが、誰もいなかったのだ。

群れを嫌うとか、一匹狼のようなカッコ良さは微塵もなく、ただ単に私に人を惹きつける魅力がないから誰も寄って来ないのだ。

カッコいい孤独ではない。自ら選んだのではなく、そうならざるを得なかった結果、私は独りなのだった。

美少女であったなら、孤高の美少女として認定されるのだろうが、残念ながらそうではないので、タダの孤独な少女だ。孤独な少女の行く末は、孤独な中年女、孤独老人、そしてその先、行き着くのは孤独死だろう。

この年で孤独死を考える人もそういないだろうが、私にとっては現実味を帯びた問題だった。

友達すらできないのだから、結婚なんて夢のまた夢だろう、と思っていたが、これについては少し違うようだ。

私の両親を見てそう思った。

私の両親も友達が全くいない。二人とも子供の頃からそうであったらしい。

同じ医療系の専門学校に行っていた頃に知り合ったようだ。孤独な少年と少女の魂が惹かれあった、というと格好がいいが、似た者同士がしょうがなくくっついた、というのが本当のところだろう。

現在、父は会社勤めで、母も整骨院でパートをしているが、職場でも友人と呼べる人はいないようだ。

日々の話題でも出てこないし、飲み会や食事に誘われるようなこともないし、当然来客もない。よく耳にする「学生時代の友達」も皆無。よって「朋あり、遠方よりきたる、また楽しからずや」という孔子的な喜びも全くなく、我が家を訪れるのは、日々の郵便・新聞配達員と各公共料金の検針員だけである。

友達がいない。そのことを両親は別に恥じてもいないようだった。

父が小学生の時、卒業アルバムで、仲のいい友達と一緒に撮った写真を載せるページがあったのだが、ここに父は先生と二人で写っていた。一緒に撮ってくれる人が、誰もいなかったからだと言う。

しかし二人だったから、全身が大きく写って良かったと言っていた。むしろ孤独を楽しんでいる。もはや数段上のステージに行っていると思われた。

母は母で、結婚式の時（式自体は親族のみでやったらしい）、誰も祝電をくれる友達がいなかったので、自分で打ったという。架空の友達の名前で、自作自演した。

「自分でやったほうが気がラク。もしもらったら、またこっちも返さなきゃいけないから面倒くさい。結婚式なんて、誰も呼ばない呼ばれないのが一番いい」

心底そう言う。

二人とも「孤独上等」筋金入りのロンリネスなのだ。

私はその孤独と孤独のかけ合わせ、いわば孤独のサラブレッド。マイナスとマイナスをかければプラスになるが、うちの場合、さらにでっかいマイナスを生み出した。

こんな私に友達ができるわけがない。

家族全員友達がいない。このことを如実に物語っているのが、年賀状である。

我が家には、眼鏡店等のダイレクトメール以外の年賀状が一枚も来ない。

配達員さんに、気の毒がられたり不審がられたりしているんじゃないだろうか、と心配になるくらい少ない。

年賀状については、苦い思い出もある。小学校低学年の頃だが、当時はまだ私も友達作りに希望を持っており、張り切って年賀状をクラスのほとんどの女子に出したのだった。結果、元旦に、届いたものは一枚もなし。学校で少しぐらいは遊ぶ子もいたので、私はその子のことを友達だと思っていた。その子が、冬休みに入る前に「昨日友達の年賀状出してきちゃった」と言っていたので、その子宛のものは特に一生懸命書いた。

しかし彼女から届くことはなかった。私は彼女の友達ではなかったのだ。この事実は元日早々私を打ちのめした。

そのほかの子は、「来たら、書く。くれた人にだけ出す」パターンかと思って待っていたが、結局一枚も返信はなかった。

学校が始まり、数人の子は「年賀状ありがとう。でもちょうどうち、年賀状切らしちゃって出せなかったの。ごめんね」と言ってきたが、ほかの子は無反応だった。

このことで、私は自分が置かれているポジションを理解した。年賀状が来たとしても別に出さなくてもいい人、そういう扱いで構わない人。

年賀状を切らしていて、は口実だと思うが、もし仮にそうだったとしても、「これは」と思う相手だったら、夜中でも、休日でも、たとえ郵便局の戸を叩き壊してでも年賀状を手に入れ、何がなんでも返信するだろう。なんなら直に届けるぐらいの勢いで。

私はそうではないのだ。捨て置いても構わない人物。スルーしてよしな人。以来、私は誰にも出したことがない。私なりの保身の術だ。自分をいたずらに傷つけたくない。

以前テレビを見ていたら、芸能人の結婚会見をやっていて、新婦となる女性タレントが「いつもたくさんの友人が訪れてくれるような楽しい家庭にしたいですね」と言っていた。我が家はその対極にある。

誰ひとり、訪ねてくる者のない家。家の周りに結界を張り巡らせた如く、誰も寄りつかない、寄せつけない家。

両親はお互い、自分の親とも疎遠で、ほとんど交流がなく、親戚づき合いもない。それでも全く平気なようだ。むしろ気楽でいいとさえ思っている節がある。しかしこのことは私の心を強くする。一番身近な人がモデルケースとしているのだから。

友達がいなくても、親族と疎遠でも、ちゃんと結婚をして、仕事をして暮らしている。両親は、一縷の望みだった。

教室を見渡してみる。

私と同じように孤独な男子。いた。坪田(つぼた)君だ。

彼もいつもひとりで自分の席で本を読んだり、勉強をしたりしている。別にハブられているというわけではない。成績もいい。東京の高校を受けるという噂(うわさ)もある。今のところ孤独な魂と魂が惹(ひ)かれあうという兆(きざ)しはないが、それは構わない。

今ここで坪田君でなくてもいいのだ。この先高校へ行っても、大学へ行っても多分彼のような男の子はいる。ゆくゆくはそういう子とくっつけばいいのだ。私の両親のように。そうすれば孤独死だけは避けられるだろう。

しかしみじめっぽくなるのは嫌だった。

ぼっちとみじめはセットになりがちだが、その回避策として編み出したのが、文学少女を気取る、というものだった。

孤独を愛する雰囲気(ふんいき)を醸(かも)し出せれば完璧(かんぺき)だ。そのために髪型(かみがた)はおかっぱにしている。

昔ながらの文学少女のイメージだ。

ちょうどよくと言ってはなんだが、読書好きなふりをしているうちに、本当に視力も落ちてきて、眼鏡をかけることになり、文学少女ぶりに拍車(はくしゃ)がかかった。

この小道具で、いかにも文学少女然としたルックスになった。これが私の生きる道。

当然部活は文芸部で委員会は図書。委員は、毎年変えていろんなことを経験しろと先生は言うが、私は二年連続で、この座を死守した。

図書委員は文学少女の必須アイテムだ。ハズしてなるものか。

その日は昼休みに委員会活動があり、私は図書室で本棚の整理をしていた。司書の先生に、少しだけ図書館学も学んでいた。

ラベルのチェックをしていると、「山下さん」と声をかけられ、振り向くと、中原君が本棚の脇に立っていた。

「あ、はい。何?」

どぎまぎした。中原君とは同じクラスだが、まともに話したことはなかった。

陸上部の強化選手で勉強もできる中原君は、女の子にも当然人気があり、同性の友人すらいない私からすると、全てにおいて遠い人だった。

名前を呼ばれたのも初めてだったろう。

「仕事中ごめんね。お勧めの本とか教えて欲しいんだけど。うちにさ、暇してる人がいて、男なんだけどさ、ちょっと今家から出られないんで、本でも借りてってやろうかな、って」

男の人で、家から出られない？　おじいさんとか、病気なのかな？　でもそこはあんまり訊いてもあれだな。

「その人、どんなことに興味があるの？」

「うーん、結構歴史とか好きだったかも。学校行っているときは日本史とか得意科目だったらしいから」

おじいさんが学生時代に、ってことかな。

「そう、じゃあ歴史モノとか。でも私、歴史モノはあんまり詳しくないんだよね。時代小説なら少しは読むけど」

「そうなの？　歴史小説と時代小説って違うんだ。さすが図書委員」

中原君がにこりと笑う。私ひとりに笑顔を見せているという事実に、頭がくらくらしそうだが、普通に会話できていることにも驚く。

「あ、でもはっきりとした線引きは難しいんだけど。両方を兼ね備えているって言ったら、これがいいかも」

私はちょうど手近な棚にあった山本周五郎の『樅ノ木は残った』を手にとった。

「えーと、これなんて読むの？　縦？」

「もみ、だよ。樅の木は残った」

「へえ、上下巻あるんだ。長さ的にもちょうどいいや。これだけボリュームがあれば当分暇が潰せるな」

「でもどうかな、面白いと思ってくれるかな、その人。私はとても感動したんだけど」

「じゃあ間違いなし。山下さんがそう言うんなら。それに俺が勧めてもダメかもしれないけど、読書家の友達のお勧めって言ったら、きっと読むと思うよ。助かった。ありがとう」

笑顔を見せてそう言うと、中原君は本を持って貸出カウンターに行ってしまった。その背を見ながら私の頭は軽く混乱していた。

え、今なんて言った？

友達？　友達？

今確かに友達って言ったよね？

脳天がじぃんとして、情報がうまく処理できない。

確かに中原君は私のことを「友達」と言った。

彼にしてみれば、別に深い意味はなく話の流れから自然と出てきた言葉なのかもしれない。その可能性は高い。

こんなことで舞い上がったり、意味深にとるのはおかしい。

わかってはいるけれど、誰かに面と向かって友達と言われたのは初めてだった。

多分中原君はすぐに忘れてしまうだろう。家に帰ったら、いやこの図書室を出た途端にもう自分の言ったことなど忘れているかもしれない。

けれど私はこの先もずっとずっと覚えていて、時折思い出すことになるだろうという予感がした。

中学の入学式で、校長先生が言っていたことを思い出す。

「人が死ぬとき、人生を振り返ってみると『ああ、あの日は完璧にいい日だったなあ。一点の曇りもなく最良の日だった』と思えるのは、生涯でせいぜい四、五日だといいます。人生八十年として、そのうちの四、五日なら、この中学三年間では、そんな日は、一日もないかもしれません」

希望あふれる入学式でする話だろうか。正直その時はそう思ったが、それは真実味をもって、胸に迫るものがあった。

だとしたら、私にとってその最良な一日は間違いなく今日だ。中学三年間のうちに、その日がもう来てしまったので、後は何があろうと、もういいんだ、という気になる。

私が死ぬときにはきっと今日のことを思い出すだろう。たとえ結婚するのは同じように孤独な坪田君みたいな男の子だったとしても、死ぬ間際に思い出すのは、きっと中原君の言葉と笑顔だ。

バカみたいだ、私。いや、きっとバカなんだ。

なぜか泣きたい気持ちでいっぱいになる。

図書室の窓の外で、プラタナスの葉が風に揺れている。それを見ているうちに、胃のあたりがざわざわしてくる。

ざわつきが収まらないまま、午後の授業もいつの間にか終わっていて、下校時刻になった。

学校を出ると、いつもと違う道で帰りたくなる。

河原沿いの道だった。草が夕風にそよいでいる。雲の輪郭が金色に縁どられ輝いていた。

それは今までに見たことがないほど美しい雲だった。

この雲の美しさを誰かに話したい。

強くそう思った。祈りに近い思いだった。

でも誰に？

孤独に耐えられなくなるのは、こういう瞬間かもしれない。

何かを叫びたい衝動に襲われる。

些細なことで、人の心を乱す中原君を、うっすら憎んだ。叫ぶ代わりに、足元の草を乱暴に引きちぎり、空に放つ。

残酷なまでに青々しい緑の匂いがした。

世の中にたえて体育のなかりせばわれの心はのどけからまし　詠み人　星野茜

そんな歌を詠んでしまうほどに、私は体育が苦手だ。

いやもう憎んでいるといっていい。ああ、本当に、この世に、体育なんてものがなければ、私の心はどんなに穏やかでいられることか。

いや、あってもいい。体を動かすのは悪いことじゃない。ただ私とは関係ないところでやってくれ、と思う。

そう、やりたい人だけやればいいのだ。なんとかそうならないものだろうか。

私が総理大臣になったらそうする。でもその可能性はゼロだから、今目の前にあることを見据えろ。現実から目をそらすな、私。

そもそも私の場合、運動神経がいいとか悪いとかの問題ではなく、端っからそういうものがないのだ。

悪いのならば、努力次第で改善の余地があるのかもしれないが、全くないのだからどうにもならない。翼がないものが空を飛べないように、そりゃあ土台無理な話なのだ。

私ができるのは基本的な動作だけ。歩く、立つ、座るぐらいのもので、速く走ったり高く飛んだりするプレミアオプション機能はついていない。

家電で言ったら、すっごく安いシンプルなやつだ。余計なことはできません。高度な機能はありません。

みんなこの点を理解してくれない。一生懸命やればなんとかなると思っている。

例えば徒競走。私は全身全霊、全ての力を出し切ってやっているのに、他人からすると、ちんたらちんたら、いい加減に手を抜いて走っているように見えるらしい。「もっと一生懸命やれ」「全力を出し切れ」と言う。

馬鹿な。私は全てを出し切ってこうなのだ。そこをわかってくれない。

なまじ背が高いのもいけない。身長を見ただけで、何も知らない大人は、

「バスケとかバレーやってるの？」

当然のように訊いてくる。やっていない、と答えると、

「なんで？」

意外な顔をされる。そう言いたいのはこっちだ。なぜ「長身＝バスケかバレーをやっている」となるのか。あまりにも短絡的すぎる。

この長身も災いして、余計億劫そうにやっているように見えるらしい。

同じクラスに、浅岡紗英さんというとても小柄で華奢な女子がいる。中二だけれど、小学校三年生ぐらいにしか見えない。

顔も幼くて愛らしい。この浅岡さんが走ったり跳んだりしている姿はそれこそ全身一生懸命の塊で、いかにも頑張っているふうであり、誰もが心から応援したくなるのだった。

実際、浅岡さんが長距離を走り終わったときなど、順位など関係なく感動の拍手が起こる。

ところが、同じようにやって同じような順位でも、私の場合「とろい」「鈍い」「ダサい」となるのだった。理不尽だ。

中学に入学して初めての体育の時間にやったのは集団行動だった。

私には、これをやる意味がまるでわからない。「気をつけ」「前にならえ」「休め」「右向け右」「回れ右」等々。なんなんだろう、この命令口調、威圧感。皆反発しないのが不思議だ。

それに合わせて同じ動きをする集団。軍隊や、かの国を連想させてうすら寒くなる。「休め」と言われなくても休みたいときはそうするし、向きたくもないのに「右向け右」と、なぜ命令されなければならないのか。「休め」と言われても、そんな状況で本当に休めるわけがない。

しかし必ずやらされるのだ。小学校でも中学でも。これが体育の基本だという先生もいた。「これは運動のうちに入らない。運動神経は関係ない。誰にでもできる」と先生は言った。その「誰にでもできる」ことができない人間がいるのだ。

その人の気持ちを考えてみたことなどないのだろう。

簡単なことと言いたいのかもしれないが、できない人を励ますというより、これができなければ普通じゃない、と断言されているような気がする。体育の先生には、こんなものができない人がいるなんて信じられないのだろう。

それはおごりであり傲慢だと思う。人がやすやすとできることを、できない人間がいるということを知って欲しい。

「右向け右」。号令とともに、いとも簡単に皆同じ動きをする。私もそうしているつもりである。ところが、できていない。右向け右。ひとりだけ違う方向を向いているのだ。まるでコントのようだが、決してふざけているわけでも、反抗してわざとやっているのでもない。自分ではみんなと同じようにしているつもりなのに、なぜかこうなってしまうのだ。何度やっても。

「右足のかかとと、左足のつま先を使って、右を向くんです。右足のつま先を上げ、左足のかかとを浮かせて、左足を右足に揃えればいいの」

そんなふうに言われると、今度はその言葉に囚われて、

「えーと、右足のかかとを？　左足のつま先に？」

ますます混乱する。説明しながらやって見せてもくれるのだが、それを目にしたときは「なるほど」と思い、できそうな気になるがこれができない。

自分でもどうしてかわからない。最後には先生が文字通り「手とり足とり」教えてくれるのだが、どうにも足が動かない。

あまりのできなさ、鈍さに、周囲は「こいつ、ヤベぇ。ホンマもんだ」という空気になる。ホントに、運動神経ないやつなんだと。

そんな私にとって、運動会は地獄の行事だった。幼稚園時代からずっと。

運動会には枕詞のように「待ちに待った」とか「みんな楽しみにしている」とついたが、決してそうではない人もいることを知って欲しい。ごく少数であろうとも。

大衆に紛れ、ひとりひとりの責任を問われない綱引きや玉入れなどの競技はまだいい。

最悪なのは、走る系だ。

まず徒競走。五人ひと組ぐらいで走らされるのだが、これは幼稚園時代から始まって、不動の最下位、ビリをキープしている（と言っていいのかどうか）。

それは仕方がないとしても、問題はさらにその後だ。

私の通っていた小学校は、走り終わった後、一位は一位の、二位は二位の旗の下へ並ばされ、全てのレースが終わるのを体育座りして待たなければならない。

一位の列にいる子はそれこそ晴れがましい笑顔で、最下位の列の子は、みんな一様にうつむき、口をきかない。

同病相憐れむでもなく、照れ笑いするでもなく、お互い目を合わせようともしない。静まり返って、俗に言うお通夜状態だ。

全校児童紅白に分かれて競うので、得点加算に貢献できないことへの申し訳なさと情けなさとで、ただただ頭を垂れるのみ。

それだけならまだしも、さらに全レースが終わった後、先頭の子が順位の染め抜かれた旗を掲げ、それぞれの順位ごとの列で、校庭を一周ぐるりとランニングさせられるのである。

もちろん保護者席の前もだ。

一位の子たちは胸を張り満面の笑みで、親に手を振ったりなんかして、保護者からもひときわ大きな拍手が起こる。誇らしげにビデオカメラを向ける親。「おめでとう！」「すごい」と声がかかる。

我々最下位のグループは、うつむき、ひたすら早く終わって欲しいと願うだけ。

すると父兄席からは、一位の子たちとは違った、同情からくる湿った拍手が起こる。「よく頑張った！」「どんまい、どんまい、気にすんな！」、中には「顔上げて！　恥ずかしくないよっ」と言う人もいるが、こんなことを言われれば言われるほど、余計いたたまれない気持ちになることを、どうやったら伝えられるのだろう。

これでは、ほとんどさらし者ではないか。

私は毎年この扱いを受けるたびに、祖父と時代劇を見たときに出てきた「市中引き回しの刑」を思い起こしたのだった。

昨今は、順位をつけない徒競走を実施している学校も多いと聞くのに、いくら田舎の学校で昔からやっていたとはいえ、こんなことが許されていいのだろうか？

どこかに訴えてやろうか？　などと本気で思ったりもした。

そして全員参加の男女混合紅白リレー。徒競走は自己責任だからまだいい。恥をかくのも己自身。しかしこれは違う。人に迷惑をかけてしまうのだ。身の縮まる思い。申し訳なさ度マックス。

クラスのみんなからは、私の存在が勝敗を左右するとみなされており、（もちろん良い意味ではなく）私がどちらのチームに入っているかが、多くの人の関心事であった。

「うへっ、星野、今年は白なのかよ。負け決定じゃん」

露骨に顔をしかめる男子もいた。

クラスで一番良識があると思われる学級委員の浜本君でさえ、

「先生、星野さんがいるチームには、抱き合わせで一番足の速い白川さんを入れてバランスを取らないと不公平じゃないでしょうか」

そう提案する始末で、しかもそれを名案とばかりに、担任の先生も受け入れているのだった。しかし確かに私の鈍足はチーム全体に不利益を及ぼしているので、この扱いに甘んじるしかない。

同様に球技もツラい。

一番最初に狙われ、当てられて早々に戦力外通告されるドッヂボールはまだいいが、バレーやバスケはただただツラいのみ。

バレーは、極力ボールの飛んでこないポジションに配され、私自身も心の中で「どうか、どうか、ボールが来ませんように」と祈る。

しかし願い虚しくこちらに飛んできた場合は、みんなが一斉に「フォロー！　フォロー！」と叫び合って、馳せ参じてくれる。ありがたいような、申し訳ないような。

バスケットボールの場合は、みんなの動きに合わせて右往左往して、それなりに手など挙げたりして、いかにも参加してるふうを装いながら、その実、ボールが決して来ない位置にいる、という技術を身につけた。

それでひたすら壁の時計を見て、一刻も早く時間が過ぎ去るのを待つ。こんな時本当に時計の針を進めることができたら、と真剣に思う。

味方がボールを手にして、誰かパスする相手を探していると、私はわざと敵チームの陰に隠れて、「欲しい気持ちは山々ですが、相手チームに邪魔されてます」というポーズを取る。自作自演する。

しかしこんなことをしても、私にパスを回そうとする人など、誰ひとりいないのだけど。中二の一学期の体育で、ほかの子が全てマークされてしまい、パスできる子がほかに誰もいない、となったとき、そのボールを持っている西島(にしじま)さんと目が合った。わずか一瞬(いっしゅん)であったが、彼女の目に「だめだこりゃ」という感情が走ったのを私は見逃(みのが)さなかった。

その瞬間、西島さんは、ボールをコートの外に自ら放(ほう)った。手が滑(すべ)ったふうを装っていたが、明らかに私にボールを渡(わた)すよりは、コート外に出したほうがまだマシと思ったのだろう。その判断は正しい。

私と西島さんは同じ小学校だった。

六年の時、やはり体育の授業にバスケットボールをしていたときのことだ。同じようにほかの子が全て相手チームにブロックされてしまい、フリーなのは、私しかいないという状況(じょうきょう)の中、西島さんはためらうことなく私に鋭(するど)いパスをよこした。

それを私はもろに真正面から顔面で受けたのだ。まさにジャストミートで、一瞬、顔がバスケボールのキャラみたいになった(級友談)らしい。「ビタンッ」という不細工な音とともに。

私は両方の鼻の穴から血を出し、口の中も切っていた。それを見た若い女性教師は大いに慌て、こう言った。

「西島さんっ、相手を見てパスしなさいっ」

彼女はそれを守っただけだ。あの時の教師の教えはしっかり生きていた。そう、それでいい。

みんな、体育の時間、私はなきものと思ってくれ。頭数に入れてくれるな。

自分ひとりで醜態を晒し、恥をかいているだけならまだいいが、周囲に迷惑をかけていると思うといたたまれない。

申し訳なさで、身が縮まる思いがする。

そんな気持ちでいる私の耳にある日、信じられないようなニュースが飛び込んできた。

スポーツ庁という、これ以上わかりやすい名称もなかろうというところから「運動・スポーツ嫌いの中学生を半減させる」という目標が打ち出されたのだ。

好きにさせる、のではなく、半分に減らすのだという。私たちは、減らされる対象なのか。駆逐されるべき存在なのか。

待ってくれ。運動が好き嫌いの問題ではなく、体がそのように動かないのだ。気合や気持ちでどうにかなるものではない。

しかしこの目標には、ちゃんとした理由があり「将来的に健康な体を保ち、できる限り周囲の迷惑にならないように生きていくため」という。

え、じゃあなんですか？　運動嫌いな子は、将来不健康になり、周囲に迷惑をかけること確定ですか？　と、やさぐれたくもなる。

でも運動していたって、病気になることはあるだろう。そしたら病人は迷惑だと言ってるようなもの。「一億総スポーツ社会」だと。寝たきりの年寄りまで、叩き起こして運動させる気か？　無茶な。これを決めた人は運動神経抜群の人で、スポーツが嫌いなんていう人、考えは、全くありえない、理解できないのだろう。

今の時点でさえ、人に迷惑をかけたくないと思っているのに、さらに将来は人に迷惑をかけるようになると予言されている。せ、切ない。

私にどうしろと？

全国から、運動嫌いを集めて一揆でも起こしてやろうか？

顔を上げる。今は学活の時間。毎年恒例の行事、マラソン大会についての説明がなされている。男子十五キロ、女子十キロ。去年は、ぶっちぎりの最下位。

コースは学校周囲の一般道だが、走ったのは最初のほんの数メートルで、後はずっと歩いていた。いや、これみよがしに歩いてやった。

歩いてますけど、何か？　と言わんばかりに堂々と。

体育教師には散々「おい、ちょっとは走れ。根性見せろ」と言われたが、これが私の根性の見せ方だ、と開き直っていた。

ただちょっとばかりバツが悪かったのが、マラソン大会は、早くゴールした人から、各自帰ってもよいことになっていて、そういう子たちと遭遇してしまったときだ。彼女らは、

「え、まだやってるの？　え、これから学校戻ってゴール？」

戸惑いの表情を浮かべ、なんだか自分たちのほうが悪いことをしているような顔になっていた。

「えへへ。まあ」

笑いで返しておいたが、級友たちの気の毒そうな目はしみた。しかしそれもこれも別に人に迷惑をかけていない個人競技だからいいのだ。多少恥ずかしい思いをするだけ。

しかし今年は、クラスごとの平均タイムを出し、競うという。

先生からこの説明があった途端に「えーっ」という声が起き、そのうちの数名が、反射的に私のほうを見た。

いいよ、無意識から出た行為だから別に責めはしないさ。

しかしなんてことだ。ここでも連帯責任を問われてしまうとは。

今からいたたまれなさに思わずうつむいてしまう私。いたたまれなさの先払い。

どうしよう、休んじゃおうかな。

「当日、休もうとか考えてるんじゃないだろうな」

声が降ってきて顔を上げると、中原君だった。いつの間にか休み時間になっていた。図星だったが、

「別にいいじゃん。そんな」

ふくれて、そっぽを向くと、

「ま、いいけど」

ぽそりと言って、中原君は行ってしまった。

中原君は、陸上部で足が速い。特に長距離は得意のようで、去年のマラソン大会で、学年一位だった。

確か大会新記録でもあった。球技も得意。つまり運動神経抜群のスポーツエリートなのだ。そんな人に私の気持ちなどわかるわけがない。

「ね、何話してたの？　中原君と」

美緒ちゃんがすぐに飛んできて訊く。

「別に、何も」

「ふうん、やっぱさあ、茜ちゃんみたいな子は、中原君みたいな男子がいいの？」

私みたいな、って、私みたいな運動神経ないようなのは、スポーツ万能の男子に憧れるかって意味？

自分にないものを求めるって？

冗談じゃない。ああいうのは私なんか心底馬鹿にしているだろうし、私だってそんなスポーツ至上主義のやつと価値観が合うわけがない。

「まさかぁ。全然だよ、全然」

「そお？」

そう言う美緒ちゃんのほうこそ、と口にしようかと思ったが、面倒くさい展開になりそうなのでやめておく。

「それよりマラソン大会、やだなー」

大げさに顔をしかめて、机に突っ伏す。

「私だってやだよ。かったるい。寒いし。あー、やりたくない」

そう言う美緒ちゃんだけど、足は遅くない。

むしろ速いほうだ。運動神経だってそこそこいい。でも全てにおいて、常にやる気がなさそうなポーズを取るのが彼女のスタイルだった。美緒ちゃんがもっぱら興味を示すのは、外見についてだった。

そういうことに興味や関心がある年頃（としごろ）とはいえ、美緒ちゃんは特別にそれが強かった。

「一組の○○さんってさあ」と女子の名前を挙げると「ああ、あの目の大きな可愛（かわい）い子ね」とか「色白の綺麗（きれい）な子だよね」「あの人、女優の○○に似てて、美人だよね」とか、二言目には見た目の評価、コメントが出てくる。そこで女子をカテゴライズしているみたいだ。逆もまた然（しか）り。「あの子、そんな可愛くないのに、絶対自分では可愛いと思ってるよね」とか「スタイルいいのに、フェイスが残念だよね」などと言っている。

外見の美醜（びしゅう）に一番の価値観をおいていた。多分私のことも、心の中ではなんだかんだ言ってるんだろうな、と思う。

かくいう美緒ちゃん自身は至って普通。とびきり美人ではないが不細工でもない。しかし本人は自己評価がひどく低く「あー、私ってブスでやんなっちゃう」といつも嘆（なげ）いている。それほどでもないと思うのだが、なぜか自分のルックスに関しては、常に悲観的で「あー、なんで私こんな顔に生まれついちゃったんだろう」と、しょっちゅうため息をつき、続けてこう言う。

「私絶対整形するんだあ。韓国行ってさ。向こうでは普通だから、整形するの。日本より安く済むし、ほんとに別人みたいに綺麗にしてくれるんだよ」

美緒ちゃんは、綺麗になりたいんだろうか、別人になりたいんだろうか。

そう訊くと「どっちも」と答える。

「もしいま悪魔が現れて、美人にしてくれる代わりに寿命三十年、いや四十年縮めるって言われたら、即契約しちゃうよ。だってブスで長生きしてもしょうがないじゃん」

そうなのかな？　なんだか部分的に、極端に過剰すぎてバランスの悪い私たち。

美緒ちゃんにしても考えすぎだと思う。でもそのことが、彼女の思考の大部分を占めている。

そういう私も、マラソン大会をどうするかで頭がいっぱいだ。

大人が聞いたら、そんなことよりほかに、考えることはいくらでもあるだろうに、と呆れるかもしれない。自分でもそうだと思うが、どうにもならない。取るに足らないことが、脳みそのほとんどを占有している。

しかしどこの学校でも、運動神経が悪い、鈍いという人は、大抵からかいや、いじめの対象になったりするが、私の場合は、運動神経が悪すぎて、というか、なさすぎて「いじり」や「笑い」の範疇ではなくなっており、もはや禁忌の領域、アンタッチャブルな域にまで達していたので、スルーされているのだった。

しかしこのまま、このポジションに甘んじていいのか。

今は幸い周りに恵まれているから、このような無風の状況にいるが、この先どうなるかわからない。せめてもう少しなんとかしたほうがいいのではないか。

せめて人並みに。いやそれは、普通の人がオリンピックに出るくらいの努力と奇跡的要素が必要なので、せめて下の下から下の中ぐらいには浮上したい。

そうするにはどうしたらいいのか。

「はああ」

美緒ちゃんと私は二人同時に深いため息をついたのだった。

全ての運動の基本は走ることである。

そう言ったのは体育の先生だ。なるほど、どの運動部でもよく走らされているのを見かける。

ご苦労なこった、といつも眺めているだけだが、ちゃんと理由はあったのだ。

左右対称の動きをするランニングは、運動能力を高めるのに最適らしい。だとしたら走りを制する者は全てを制す。

要するにただ走りゃいいんでしょ。

別に器具も難しい論理も必要ない。そうだ、去年ほぼ歩いてしまったマラソン大会（ひとりウォーキング大会）だったけれど、それをただ全部走るようにするだけで、タイムが格段に違うはずだ。

もし同じであったら、それは地球の時間軸がおかしい。それができれば、少なくとも、去年のように、すでに競技を終了し、下校する級友たちと遭遇するという憂き目も避けられるだろう。

幸い、家の周りは、梨畑や桃畑に囲まれた田舎なので、地図に載らないような野良道が無数にあり、人とすれ違うことは滅多にない。

人目につかないようこっそりトレーニングして、心臓を強くし、筋力を付けよう。新生・星野茜はここから始まるのだ。

　と、土曜休みの日の朝、布団の中で大仰に誓ったものの、グズグズしていて結局夕方になる。まあ、いいか。そのほうが黄昏に紛れることができる。考えてみれば、学校中に醜態を晒しまくっているので、今更恥ずかしがることもないのだけど、私のようなものが密かにトレーニングしている、というのは「いかにも」な感じで、それはいつも零点ばかりの人が、せめて十点取ろうとしているようないじましさがあり、また違った恥ずかしさがあるのだった。

　一月中旬。北風が頬を撫でる。日中は暖かかったが、少し陽が傾き出すと、途端に空気が冷たくなった。

　早くもくじけそうになる。今までの私だったら、ここで早々に家の中に引っ込むところだ。風邪をひいたら元も子もないもんな、などと言い訳をして。

　でも今日からの私は違う。一歩踏み出すのだ。これは大きな一歩だ。ほかの人にとっては、どうでもいいことだろうが、これは私にとって大きな変化だ。

　気の変わらないうちに走り出す。考えるな。ただ、足を、手を動かせ。

　しかし数歩もしないうちに、心臓が苦しくなり、息が上がって立ち止まる。それは他人から見たら、とても「走った」ようには見えない距離で、ましてやトレーニングなどと思う人はいないだろう。

ニワトリに追いかけられたってもう少し走る。

まあ、いい。無理は禁物だ。張り切りすぎて、その反動で嫌になるよりはいい。

しばらく歩く。完全に午後の散歩になっていた。

前方を見ると、よたよたと手押し車を押しているおばあさんがいた。岸さん家のおばあさんだ。リハビリのために歩くことを医者に勧められた、と以前うちの母と話していたのを思い出す。

同じくらいのペースだ。

ダメだ、私はリハビリをしてるんじゃない。勢いをつけておばあさんを追い抜く。「誰かを追い抜く」という経験は初めてかもしれない。リハビリ中のおばあさんではあるが。

おばあさんに気を取られていると、前方から誰か走ってくる。近眼な上に、夕暮れが始まっているので、見えにくい。

「あ」

向こうもこっちを見てそう言ったらしい。中原君だった。ランニングをしていた。どうしよう、今更道を変えるのも変だ。

もっとも一本道で、変更しようがないのだけど。農道なので隠れるような建物もない。周りは、葉を落とした冬木ばかり。

ここが田舎道の哀しいところだ。視線を落として、うつむき、やりすごそうとすると、意外にも、中原君はペースを落とし、私の前で止まった。

「何？　徘徊？」

挨拶もなく、そんなことを言う。多少ムッとして、「買い物」と嘘をつく。

「ひとりでお使い？　えらいね」

小馬鹿にしたように言い、走って行ってしまった。

さすがに見え見えだったか。この先行ったってお店なんかありはしない。

中原君は自主練だろうか。ああいう人はきっと走るのが楽しくて仕方ないんだろうな。私には全然わからない境地だけど。中原君とは小学校は違うが、成績も上位で、運動神経抜群となれば、モテないわけがない。多分、美緒ちゃんも気があるんじゃないかな。それで可愛くなりたいんだろうか。

中原君の家は、クリーム色の壁の新しい家だ。私の家からは三キロくらい離れている。

こんなとこまで走りに来ているんだ。今日も確か陸上部は、活動があったはずだ。走るのがよっぽど好きなんだな。そりゃあれだけ足が速けりゃ走り甲斐(がい)もあるだろうよ。いつもこのあたりを走っているんだろうか。

翌日の日曜は、昨日(きのう)より早く家を出た。

暖かいうちに走ろうと思ったのと、中原君に会うのを避けるためだ。

数メートル走る。昨日と同様、すぐに息が切れる。ゼイゼイと呼吸が苦しい。でも走っていれば、いつか少しはラクになるのだろうか。

両手で膝(ひざ)を支えながら前かがみで呼吸を整えていると、足音が近づいてくる。

まさか。

顔を上げると、ビンゴ。中原君だった。どうして。なんで。

こういう神様のいたずら、いらないよ。

「なに？　ストーカー？」

またいきなり失礼なことを言う。

「あ、あんたこそ」

言い返すと、中原君が笑った。

「今日は、早いんだ」

「日曜は部活、午前中だけだから。俺はいつもこの時間走ってんの。中学入ってずっと」

そうだったのか。だったら確かに私のほうが、時間を合わせたみたいだ。

中原君が何か言いかけたが、その目が私の肩ごしの何かを捉え、表情が固まった。私もつられて後ろを振り返ってみると、なんと全裸のおじいさんがこっちに向かってスタスタと歩いてくる。

え、え、え、何これ?

咄嗟に顔を背ける。中原君が駆け寄る。

「おじさん、宮沢さんでしょ。どこ行くの?」

「おらあ、嫁にいった長女のとこに行くだよ」

思いのほか力強い声だった。

「そっかあ。でもこっちじゃないんじゃない? 僕もちょうどそっちに用事があるから、一緒に行こうよ」

そうっと振り返ると、中原君は自分のトレーニングウエアの上着をおじいさんにかけ、痩せた肩を抱いていた。

背の高い中原君の上着は小柄なおじいさんの体をすっぽり包み込んで、そこから出たむき出しの足は鳥のように細く、肌は白く乾いていて、足元は素足だった。

「知っている家のおじいさんなんだ。俺、送っていくよ」

中原君がおじいさんの肩を抱きながら振り向いて言った。

中原君は白いTシャツ一枚だった。

「う、うん」

二人が歩いていく後ろ姿を小さくなるまで見ていた。

多分徘徊老人というやつだろう。

時々町役場の放送で耳にする。

「○○歳の男性が、午前十時頃から行方がわかりません。服装、背格好は」と続き、最後に「見かけた方は役場までご連絡ください」で締められる。

見つかったときは「無事発見されました」と放送があった。そういう人に実際に遭遇したのは、初めてだった。

次の日、学校に行くと、中原君が私のところへ来て言った。

「昨日は、ども」

「あ、大丈夫だったの？」

「まあ、たまたま知ってる家のおじいさんだったから。たまにやっちゃうらしいんだよな。頭はちょっとアレなんだけど、体のほうは丈夫だからさ、どこまでも歩いて行っちゃうんだって。昨日も、どうもお風呂に入ろうとしていたらしいんだけど、服を脱ぎ終わったら、そのことを忘れちゃったらしくて、そのまんま家を出てきたみたいなんだよ」

「そうなんだ。でも偉いね。ちゃんと送り届けて」

「いや、そんな、偉いとかじゃなくて。俺、前の日に、変なこと言っちゃったじゃん」

「え、変なこと？　なんだっけ？」

「偶然星野さんに会ったときに『徘徊？』なんてさ。あんなことふざけて言ったからさ、なんかちょっと責任感じちゃって」

「それは別に関係なくない？　そういうこと、たまにあるよ。噂をすれば、じゃないけど、なんか関連したことがたまたま起こる、って。でも寒くないのかな？　真冬なのに。その寒さで、『あれ？　俺何してるんだろう』って正気に戻ったりしないのかな？」

「うーん、寒いとか暑いとか、そういう感覚も麻痺しちゃうのかな」

「そんなこともわからなくなっちゃうんだ」

「俺が言ったことには、ちゃんと答えられたんだけどな。でも星野さんが、変に騒(さわ)いだり、茶化したり、気持ち悪がったりしないから、よかったよ」

「そうかな？」

「そうだよ。女子って、すぐキャーキャー騒ぐだろ？　なんでもないことでさ」

「うちも年寄りいるからさ」

「星野さん家も大変なの？」

「ううん、そういうんじゃないんだけど」

声が自分でもわかるくらいに沈(しず)んでいた。中原君は何か言いたかったようだが、チャイムが鳴ったので、自分の席に戻っていった。

星野さん家も大変なの？

大変といえば大変なんだろうな。

あのおじいさんとは、また違った大変さだけれど。

私の祖父は、自宅療養(りょうよう)中だ。二ヶ月前まで病院に入院していたけれど、本人の強い希望で家に帰ってきた。

「家で死にたい」

そう言って。

祖父はもう長くない。

治る見込みがない。だから帰された。今はずっと家で寝ている。

次の休み時間、美緒ちゃんが来て言った。

「さっき、中原君と何話してたの？　あやしーい。なんか最近仲いいじゃん」

「そんなことないよ」

「そう？　でも中原君と茜ちゃんなら、子供は足して二で割ってちょうどいい運動神経かもね」

「何それ？　話飛躍(ひやく)しすぎ」

「へっへーっ」

笑って、冗談めかす美緒ちゃんだったけど、言葉に刺(とげ)があった。やっぱり美緒ちゃんは、中原君に気があるんだと確信する。

月曜は、部活がないので（私は当然文化部所属で、美術部だ）早めに家に帰り、祖父の部屋に行く。

私が生まれる少し前に祖母が癌で亡くなり、それから祖父はひとりで暮らしていたけれど、四年前に体調を崩したのをきっかけに、私たちと同居することになった。

それまでは家族三人で、同じ県内とはいえ、車で一時間ほど離れた町で暮らしていたのだ。

祖父は末期の腎不全で、もう手の施しようがないという。腎不全に有効な治療法は、人工透析だが、それに耐えられるだけの体力がない。

でもそれをしたところで、余命は数ヶ月の違いもないと言われていた。体と精神に負担をかけるつらい治療を続けるよりも、静かに最期を受け入れる選択をした。

その日を待つ日々。どんな気持ちで祖父は毎日を過ごしているんだろうか。

例えばテレビで映画の紹介をしている。公開は来年春だと告げている。

その頃には、自分はもういないかもしれない。

例えば花火を見る。また見たいと思ってもこれが最後かもしれない。

来年旅行しようという話が出る。

でも自分はもうそこには行けない。

今が未来につながらない。当然のように、今日が昨日になり、明日が今日になる。

でももしかしたら自分には明日が来ないかもしれない。みんなが当たり前にしていることとが、自分にはそうではない。自分だけがそこへ行けない。

独りで抱え込まなければならない恐ろしいほどの孤独。

祖父の部屋の襖を開ける。庭に面した六畳の和室。

部屋に入ると独特の匂いがする。切干大根の煮たのと、柑橘系の芳香剤と、消毒液を薄く混ぜたような匂い。

私が入っていくと、祖父は閉じていた薄いまぶたをゆっくり開けた。黒目が膜を張ったように濁っている。

「ああ、おかえり」

「ただいま」

随分痩せた。もともと太っている人ではなかったけれど、以前に比べると、十キロ以上減っているんじゃないだろうか。

足なんか私の腕ぐらいの細さになってしまっている。歩かないと筋肉も落ちるそうだけど、骨に皮がビロビロと垂れ下がっているだけの状態だ。顔も髑髏に皮一枚で、幾重にもシミが浮いた手の甲は、ちょっと力を入れて拭いたら、ズルリと皮がむけそうで怖い。

そう、怖い。本当はこの部屋に来て祖父の姿を目にするのが怖い。でも来なかったら、ひどく後悔するだろうこともわかっている。

「今日は早いな」

「部活ない日だから」

「そうか。ここでずっと寝ていると、今日が何月何日で何曜日かわからなくなる。それどころか昼か夜かもわからなくなる」

「少し、起きてみる？」

祖父がゆっくりと頷いたので、背中に手を回して支えながら上半身を起こす。

寝巻きを通して、骨の感触がダイレクトに伝わってきて、ゾクリとする。いつまでたっても慣れない。悲しくなるほど胸板が薄い。

「大丈夫？」

「ああ。こうしているだけでも風景が、さっきとは違って見える」

祖父には寝て見るか、半身を布団の上に起こして見る風景の二つしかないのだ。

窓から見える庭も今は殺風景に色を失っている。冬空を背にした裸木が風に揺れていた。

ライラックの木だ。祖父はリラという名を好んで使っているけれど、五月頃、香りのいい花をつける。祖父はそれを見られるだろうか。

祖父は、中学の社会科教師だった。

部屋には、本棚にぎっしりと歴史関係の本が並んでいる。今は目がひどく疲れるので、そこから取り出すこともなくなってしまったが、それらがそばにあるだけで気持ちが安らぐのだという。

私の名前も祖父がつけた。

茜さす紫野行き標野行き野守は見ずや君が袖振る
という万葉集の歌から取ったそうだ。詠んだのは和歌の才能と美貌で知られた額田王という女性で、天智天皇と天武天皇から寵愛を受けたという。

この二人の天皇は兄弟で、額田王をめぐって、壬申の乱が起こったという説もあるとか。

何にせよ、絶世の美女でモテまくっていたらしい。

祖父がそんなモテを期待して、私に茜と名付けたわけでもないだろうが。モテ、か。美緒ちゃんが綺麗になりたいっていうのは、やっぱりモテたいからなんだろうか。

私はそんなにモテなくてもいいんだけどな。いろいろ大変そうだし。実際、額田王みたいな美人ではないから、要らぬ心配なのだけど。

知らずにため息が出ていたらしい。

「どうした？」

祖父が私の顔をのぞき込む。

「いや、あのさ、私って、別に今じゃなくて、将来的に少しは綺麗になれるかな？　とか思って」

「なれるさ。今だって十分に別嬪さんだ」

「うーん、そういう孫フィルター通さないで、冷静に、世間一般的に見てどうなんだろう」

「女の子は年頃になれば、みんな綺麗になる。若い娘はみんな輝くように美しい。生命力がそうさせる」

「んー、だからそういうことじゃなくってさあ、若さとかじゃなくて、もっと厳しく、美醜判断して」

「いや、真実だよ。本当に若い時は誰もがみんな美しい、格好がいい。男も女もだ。おじいちゃんを見てみろ。手なんかシミだらけだ。自分で見ても、汚いな、と思うよ。顔だって皺だらけで醜くしなびているし、歯は抜けて、髪もなくなる。見た目に関しては、若い頃より良くなっているものなんかひとつもない。どんどんひどくなる。汚くなる一方だ。でもそれでいいんだ。もしこれがずっと若い時のまま変わらずにいたらどうなると思う？」

「え、いいんじゃない？　ずっと若くて綺麗なまんまなんてさ」

「いや、大変なことになるぞ。年寄りが、異性を惹きつけるような容姿のままでいたら、あっちこっちで揉め事が起こる。若い人が間違えて、年寄りを好きになってしまって、不倫問題があちこちで起きて大変なことになるぞ。世の中大混乱だ。

だから年を取るとだんだん醜くなって、若い人には見向きもされない姿かたちになっていく、というのは、実によくできたシステムなんだ。神様に会うことがあったら、言ってやろうかと思っている」

ふふふ、と祖父は楽しそうに笑ったが、神様に会うことがあったら、というフレーズにどきっとする。

「体と頭についてもそうさ」

祖父が続ける。

「若い時のように気力も体力もみなぎっていて、疲れ知らずの体のまま、頭もずっとやわらかく物覚えが良かったら、生きることが楽しくて仕方ないだろう。やりたいこともたくさんあってそれに応えるだけの体力と頭脳があったら。

でもそうはいかない。年を取ると体のあちこちが傷んできて、体力がなくなり、病気も出てくる。体が衰(おとろ)えて、去年できたことがだんだんできなくなる。頭の回転も遅くなる。そうやって少しずつ諦(あきら)めをつけていく。頭も体も若い時と変わらなかったら、人生が楽しくて死ぬのが嫌になる、怖くなるだろう。でも少しずつ無理がきかなくなって、思うようにいかないことが増え、諦めがつくようになる。そうやって最期を受け入れる態勢、心構えを、知らず知らずのうちに準備している、させられているんだな」

祖父は、もうその準備ができているのだろうか。

「ああ、少ししゃべりすぎたかな。横になるよ」

また手を貸し、寝かせてやる。首元を整える。

「ありがとう」

静かに目を閉じる。

「またね」

部屋をそっと出ると、ガラス窓に映っている顔に目が止まる。

年頃になればみんな綺麗になる。

本当かな。でもその一番綺麗な時に、好きになって欲しい人に出会えなかったらどうするのだろう。

ダイニングに行くと、母が夕飯の準備をしていた。

「おじいちゃんとこで、ちょっと話してた」

「そう。そうやって今のうちにいろいろ話しておいたほうがいいわよ。意識がはっきりしているうちに」

「どういう意味？」

「うちのおじいちゃんはまだ頭がはっきりしているけど、病気が進んで意識が混濁してきたら、わけのわからないことを言い出すらしいから。ずっと寝ているとね。薬の関係もあるみたいだけど、おじいちゃんの教員仲間だった山本先生は、やっぱり病気で入院していたんだけど、入院が長引くにつれ、だんだんつじつまの合わないことを言うようになったんだって。とってもしっかりした人だったんだけど、夜中に病院から電話をかけてきて『今、京都から無事学校に着いて、もう少ししたら帰るよ。お土産に八ツ橋があるから』って言うから家族が病院に行くと、息子さんに『もうすぐ期末だから試験問題を作らなきゃならない』とか『机の中にある進路指導の資料、井上先生に渡すから持ってきてくれ』とか、とっくに亡くなった先生の名前を挙げるんだって。定年退職して何十年もたつのに、意識がすっかり教員時代に戻っちゃったの。それで息子のことはわかるのに、そのお嫁さんのことは、生徒の保護者だと思い込んで『○○君、今のままじゃあ○○高校は難しいですよ。期末テスト対策をしっかりして、内申点を上げないと。生活態度も改めるようにお母さんしっかりしてください』なんてお説教するんだって。

自分が一番いい時期に戻っちゃうのかなって、みんな言ってたわ。充実していた一番いい時の自分に」

人生で一番いい時の自分。祖父も、やっぱり先生をしていた頃なんだろうか。

「お母さんは？　お母さんの一番良かった時代っていつ？」

「うーん、中学時代かな」

「ええっ？　うっそー」

「本当よ。あの頃が一番楽しかったな。後から考えてみるとね」

「そうかなあ？　私、今、そんな面白くないけど」

「過ぎ去って、失ったときにわかるのよ」

そんなもんかな。実感がない。現実は苦しきことのみ多かりき、のような気がする。そうだよ、マラソン大会とか。それも含めて「楽しかった」なんて言える日が来るんだろうか。

しかしこんなパッとしない、何ひとつ思い通りに行かない中学時代が一番いいというのが本当なら、どうにも未来に希望が持てないなあ。

翌日、五・六時間目は体育。

このところ体育は走らされてばかりいる。今日も校庭四周。マラソン大会のコースは、学校周辺だが、校庭を走らされるのは、みんなに追い抜かれて、周回遅れになるのが辛い。毎度のことだが。それでも私なりの全力は尽くす。

しかしすぐに心臓が痛いほど苦しくなる。呼吸が激しくなる。自分でも耳障りなほどゼイゼイ言っている。

苦しい。本当に苦しい。死にそうだ。

死ぬのって苦しいんだろうか。ドラマでよく見る、毒を飲んだり、飲まされて死ぬとか。あれは相当苦しそうだ。

祖父とテレビで時代劇を見ていると、舌を嚙み切って死ぬというシーンがたまに出てくる。私なんかご飯を食べているとき、ちょっと舌を嚙んだだけでも、痛くて大騒ぎしてしまうのだから、とてもこんな死に方はできない。

「自分で舌を嚙み切って死ぬなんてことはできない。少なくとも、こんなにあっと言う間には死ねない。舌は筋肉だから、それを噛み切ると痙攣収縮を起こして気道を塞ぐから、それで窒息死することはあるらしいが」

私の気持ちを察してか、祖父が冷静な口調で言った。

そんなことを思い出していたら、自然と歩いていた。いや形だけは走っているポーズを取っていたが歩みは徒歩と同じペースだった。

先頭グループが追い抜いていく。せめて邪魔にならないように端に身を寄せる。

あの人たちは苦しくないのかな。

トレーニングを重ねれば心臓も強くなって、苦しさも軽減されるというけれど。

以前数学の時間に先生が言っていたことを思い出す。

「聖人と極悪人の生まれる確率は同じだといいます。絶世の美女とふた目と見られぬ醜女が生まれる確率、大幸運に恵まれる人も、大不運に見舞われる人も確率は同じ。身近な例で言うと、熱狂的なファンと同じだけアンチがいる。つまり正があれば負があるように、事象、物事には対極があるものなんです」

そうなんだろうか。

だとしたら私の対極にいるのは、運動神経抜群、なんてもんじゃない、世界中から絶賛される、この世のものとは思えないような超人的な運動能力の持ち主だろう。もうほとんど神のような。

裏を返せば私も運動神経のなさは、神がかり的ということになるのだが。

そうしている間にも、どんどんみんなに抜かれていく。

もう数周遅れているが、このまま、どさくさに紛れてみんなと一緒にゴールできないものだろうか。ふと、男子がひとりこちらを見ているのに気づく。中原君だ。男子は、学校の周りを走らされていたようだ。中原君は、トップで学校に戻ってきたらしい。遠くだからはっきりと表情まではわからないが、中原君はニヤついている気がする。

笑わば、笑え。

亀には亀の矜持があるのだ。これが亀のベストパフォーマンスだ。その目に焼き付けろっ、といきがったところで、現状は変わらない。そもそもチーターと亀を同じ競技で走らせるな、という話である。

チャイムが鳴った。やった、時間切れだ。このまま私も上がっていいということにならないだろうか。と思ったら「星野はあと残り二周な」という先生の声。運悪く六時間目だった。多少放課後に食い込んでも構わないということか。ああ無情。

両親の共通の趣味は、古い邦画やドラマを見ることだ。

休日はそれらのDVDを、二人でよく見ている。この日も、日本の古いテレビドラマを見ていた。そしていちいち俳優が出てくるたび、

「うわっ、若いっ。この人まだこれ二十代ぐらいじゃない？」

「昔は痩せてたんだねー」

などと言い合っている。なかでも頻繁(ひんぱん)に口にするのが、

「この人生きてる？」

というフレーズだった。

「いや、もう亡くなったんじゃない？　たしか三、四年くらい前に」

「まだ生きてるでしょ。亡くなったって報道ないし。でも相当な年だと思うけど」

「こういう古いドラマは、出演者の下にテロップ入れて欲しいよね、何年から何年享年(きょうねん)いくつとかさ。それか頭に天使の輪っかつけるとか」

もはや出演者の生存確認をしているのか、ドラマを楽しんでいるのかわからない。

しかしその俳優さんが「いや、まだ生きてるよ」という答えだと「良かった」と反射的

に思ってしまう。ほっとする。

「もう亡くなっている」と聞くと、ひどく残念な気がする。

特別その俳優のファンでなくても、もうこの世にその人が存在しないのだ、という事実に一瞬打ちのめされる。

ということは、生きていることが、単純にいいことだと私は思っているのだろう。

本を読むときもそうだ。手に取った本の作家がもうこの世にいないと知ると、とても残念に思う。喪失感。これらの気持ちはどこから来るのだろう。もうその人が書いた新作を読むことができないからだろうか。

次の土曜日、また少し走ることにする。

マラソン大会は二月の中旬。あと三週間後だ。クラスの平均タイムを競うのだから、それを少し上げればいいのだ。後ろ指さされない程度に。

何も上位に食い込んでやろうというのではない。せめて歩かないようにするのが目標だ。

我ながら低い設定だとは思うが。

しばらくするとまたすぐに苦しくなり、走るのをやめてしまう。これはもう仕方がない。

「すぐにやめないほうがいいよ」

後ろから声がして、振り向くと中原君だった。

今日はコースを変えたのか、折り返しの帰りなのか、後ろから来るなんて、不意打ちを食らったみたいな気分になる。

「走り始めると、呼吸が苦しくなって、足が重くなるけど、これは一時的に酸素が不足するからだよ。デッドゾーンって言うんだけど」

「デッドゾーン？」

言葉の響きにどきっとする。

デッド、死。

「ああ、循環器や呼吸器の心肺機能が、長距離走に順応できるまでになるには、苦しい状態が続くんだ。でもここを乗り越えれば、体が軽くなって走るのがラクになるんだ。これはセカンドウィンドっていうんだけど、デッドゾーンでスピードを落とすと、苦しい状態がずっと続いてしまう。だから苦しくても少し我慢して、走り続けたほうがいいよ」

わかりやすい説明だ。

「でも私は、デッドゾーンを乗り越えるだけの体力がないんだよ」

言って自分でまたどきっとする。

乗り越えるだけの体力がない。

祖父が自宅に帰ってくる話をしていたとき、父が口にした言葉だった。祖父は乗り越えられないし、セカンドウィンドを感じることもない。

今、ずっと苦しいデッドゾーンの真っ只中にいる。

「それなら乗り越えられるだけの基礎体力をつけるしかないよ。心肺機能を鍛えて、酸素をスムーズに取り入れることができるように、毎日少しずつでも走るとかね」

多分私はそこまで行くのがひと苦労だろう。

「持久走は、走れば走るほど、体が慣れてきて、ラクに走れるようになるんだよ」

「え、うそ。ラクに走れる、とか、絶対私にはたどり着けない世界だよ」

「本当かどうかやってみたらいいじゃん」

軽く笑うと行ってしまった。

ほら、これだよ。

そりゃあ運動神経いい人は容易かもしれないけど、この私だよ、とその背中に言いたくなる。でも陸上をやっている中原君の言うことは真実だろう。

デッドゾーンとセカンドウィンドか。

バレンタインデーが近づいてきた。

学校にチョコを持ってくることは基本禁止されているが、みんなそんなのは無視。友チョコもやり合っているし、本命チョコを持ってくる子もいる。

去年中原君は、同級生からも先輩女子からも随分ともらったらしい。噂によると学年一。

私は去年と同じ。美緒ちゃんと部活の仲間数人分のだけ用意している。そんなことを考えていたら、

「ねえ、今年、中原君にチョコあげるの？」

休み時間に、美緒ちゃんが訊いてくる。

「え、なんで中原君に？」

「だって、なんかいい感じだから、二人」

「何言ってんの、全然そんなことないって。チョコなんかあげるわけないじゃん」

「ふうん」

「美緒ちゃんこそ、中原君にあげるんじゃないの？」

今日はつき合ってやるか。そう言われたいのかもしれないし。

「えー、あげないよ。私があげたいのは、お母さん」

「お母さん？　母の日じゃないのに？」

美緒ちゃんは答えずに、指先でつまんだ髪(かみ)の毛の毛先を見つめていた。

「あ、もちろん、茜ちゃんにもあげるからね」

にまっと笑う。

そっか、感謝を込めて家族に、っていうのもアリだな。

その日、祖父の部屋に行くと、祖父は寝ていたようだが、うっすら目を開けた。

「おじいちゃん、チョコ食べる？」

「チョコ？　どうしたんだい？」

「ちょっと早いんだけど、もうすぐバレンタインだから」

「そうか。バレンタインって、好きな男の子にチョコを渡す日だろう？　おじいちゃんがもらっていいのかい？　ほかにあげる子がいるんじゃないのか？」

「えー、いないよぉ」

一瞬中原君の顔が浮かぶが、慌てて追い払う。

「そうか？　でも茜からチョコをもらいたい子はいると思うな」

「えー、そうかなあ？」

「そうさ、こんないい子なんだから」

枯れ枝のような手を伸ばすので握る。痩せ細った体を、そっと起こしてあげる。

「あ、でもお母さんから、おじいちゃんにあんまり甘いものをあげないでって言われてるんだった。歯が上手く磨けないから、虫歯になっちゃうって」

「何を今更虫歯の心配をすることがあるか。もうすぐ使わなくなるのに」

「そんなこと言わないでよ。元気になってよ」

「そういうわけにもいかない。おじいちゃんは、もうすぐ死ぬよ」

「嫌だよ。そんなこと言わないでよ」

「嫌だといってもこればっかりは仕方がない。人間、みんないつかは死ぬ。自分だけずっと生きたいなんて言っても、それは無理な話だ」

祖父は昔からこういうことをはっきり言う人だった。

曖昧に言って誤魔化したりしない。でもたとえそれが事実だとしても、手近の目くらましに一瞬だけすがりたいときもある。

大丈夫だよ、ずっと生きてるよ、と嘘でも言って欲しい。私が安心したいだけ、現実から目をそらしたいだけなのは、わかっているけれど。

「もう八十八だ。十分だよ。いい人生だった。望んでいた仕事に就けて、自分の家族もできて、そして何よりこんないい孫にも恵まれた。もう思い残すことはない」

「だったら、私の結婚式に出るまで生きてて。ううん、せめて私が高校生になるまでは」

「そんなことを言っていたらキリがない。ここまででも十分だ。おじいちゃんのお父さんは、二十七歳で亡くなったんだよ。戦争へ行ってね。親父(おやじ)が出征(しゅっせい)するとき、おじいちゃんはお母さんのお腹の中にいてね、親父は子供の顔を一度も見ることができなかった。それに比べたら、おじいちゃんは、親父の三倍以上生きて、じいさんになれた。親父はじいさんにすらなれなかったんだから。これ以上何を望むことがある？」

「でも」

祖父は、庭に目を向けた。

「もうじき春だな。おじいちゃんは春が一番好きなんだよ。毎年春が巡ってくるたびに、ああ、やっぱり春が好きだな、と思う。毎年飽かずにそう思うんだ。その大好きな春をおじいちゃんは八十八回も迎えられた。親父はたったの二十七回だよ。そのことだけでも十分にいい人生だったと思っている」

祖父は四月生まれだ。

八十九回目の春はもうすぐそこまで来ている。大丈夫、きっと。春は祖父の好きな季節、生まれた季節だから、きっと神様は味方してくれる。

ミルクチョコの箱を開けてひと粒つまんで、祖父の口に入れてあげる。

「ああ、うまいなあ」

しみじみとした声で言った。

バレンタインデー当日、私は予定通り、美術部員と美緒ちゃんにチョコをあげた。

美緒ちゃんがくれたのは、手作りのトリュフ風チョコだった。

「すごい。なんかお店で売ってるのみたい」

「そんなことないよ。思ってるより簡単だよ」

「お母さんも喜んだでしょ」

「うーん、どうかな」

曖昧な笑みを浮かべる。

美緒ちゃんは本当に、中原君にはあげなかったようだ。

別に私たちがあげなくても、中原君は、休み時間に、隣(となり)のクラスの子に呼び出されたり、一年の女子が届けに来たりして、そのたびに周りの男子から冷やかしと羨ましさの混ざった声が上がった。

放課後、教室から出たところで、ちょうど後輩の女の子に、赤い包みを渡されているのを見てしまった。

ふとこっちを振り返った中原君と目が合う。中原君は笑っていた。

バカみたい。ニヤついちゃって。

ムカつきを抱えたまま家に帰る。

部活がない日だったので、午後四時過ぎに家に着いた。一ヶ月ほど前は、この時間になると、もう日が翳ってきて、五時前には暗くなっていた。

日が長くなった。空に明るさがある。風に頬を刺すような鋭い冷たさがない。

少し走ろうかな。少しずつでも毎日走ったほうがいい、と中原君も言ってたし。いや、別に言われたから走るわけじゃないけど。

そう言えば走るときにチョコを食べるといいと聞いたことがある。余った友チョコをポケットに入れて走り出す。

やはりすぐに苦しくなる。

来たな、デッドゾーン。これを我慢して乗り越えれば、と思って、初めてそのまま走り続けたが、さらに苦しくなった。

こりゃまずい。自主規制。足を止める。

自分の呼吸が耳障りなくらい荒い。

いや、無理でしょ、これ。ラクになるなんてありえない。セカンドウィンドなんて絶対迎えられない。結局いつものトボトボ歩き。午後の散歩。いや、もう少し落ち着いたらまた走り出そう。

そう考えながら歩いていると、河原に差しかかる。

川からの風は、格別に冷たいので、いつもは避けていたけれど、今日は気持ちがいいので川沿いの道を行くことにした。

もう長いこと色のない枯れ草ばかりだと思っていたら、やわらかそうな下草が生えていた。その風景の中に鮮やかなピンク色があった。

見覚えのある色、背中。近づいてみるとやはり美緒ちゃんだった。

こっちには気がついていないようだ。膝を抱えて、きらめく川面に顔を向けている。驚かせようとそっと近づく。

「なーにしてんのっ」

はっと息を呑んだ。

美緒ちゃんは泣いていた。目は赤く、頬が涙で濡れている。

「あー、ははは。びっくりしたあ」

美緒ちゃんは両手のひらで目の周りを隠すようにして、グリグリと涙を拭う。

「どう、したの？」

訊いていいものか一瞬迷ったが、それ以外言葉が出てこない。

「んー、ちょっとね」

弱々しい笑みを見せる。

咄嗟に思ったのは、バレンタインのことだ。

誰かにチョコを渡してふられたとかだろうか。

「ちょっと家でさ」

「家で？　何？　親と喧嘩でもした？」

私も美緒ちゃんもひとりっ子だから兄弟喧嘩ということはない。

「うーん、喧嘩ならまだいいんだけどさ」

しばらくまた川面に目を向ける。

「あー、もうこうなったらぶっちゃけちゃうけどさ」

手を頭の後ろに組んで、そのまま後ろに倒(たお)れた。

私も真似(まね)をして枯れ草の上に仰向(あおむ)けになる。

空の色が目に飛び込んでくる。

真冬のキリッとした青ではなく、少しやわらかさを含んだ春の始まりの空の青だった。

「私、お母さんに愛されてないんだよね。愛とか言うと重くなっちゃうけど、そうなの。

はっきり言うと嫌われてんの」

「え、まさか、そんな。親子なのに」

「ホントだよ。親子だからね、わかるの」

「どうして、そんな」

思ってもみない返答に戸惑う。

「違ってたみたい。お母さんが欲しかった娘は、私みたいな子じゃなかったみたい」

「何それ」

「例えば、小さい頃から私の髪の毛を梳(と)いてくれるたびに『どうしてこの子の髪は、こんな薄赤くてくせっ毛なんだろう。黒くてまっすぐな髪がよかったのに』って言うし、いきなり私の鼻をつまんで、強く引っ張ったり。『痛い』って言うと、『鼻がもう少し高ければどんな感じかと思って』って。ほかにも、何を着させても似合わないから、服を買う甲斐がないって嘆くし、テレビを見ていて、綺麗な女優さんが出てくると『こういう顔に生まれたかったたって思わない？　思うでしょ』って言うし、街で可愛い子とすれ違うと『ああいう子のお母さんはいいでしょうね』って言うの」

「そんな」

ひどい、と言いかけて口をつぐむ。

「そんなこと言うのやめて、って言ってみたら？」

「あるよ、そういうふうに言ったこと。そしたらお母さん『親だから言ってあげてるんでしょ。他人じゃ言ってくれないよ。身内だからこそ言ってるんじゃない、美緒のためを思って本当のことを言ってるんでしょ』って」

美緒ちゃんの母親の顔を思い浮かべる。

「でも、似てるよね、美緒ちゃんとお母さん」

誰が見ても親子とわかるほどに二人は似ていた。

「だから、余計にそうみたい。許せないみたい」

「許せないって」

「うちのお母さんは、自分は鳶だけど鷹を産みたかったんだよね。すごく綺麗な鷹をさ。だから私は整形したいわけ。全部取っ替えてさ、鷹になりたいわけ」

多分、美緒ちゃんのお母さんは、自分で自分のことが嫌いなんだろう。容姿に強いコンプレックスを持っている。だから自分にそっくりの美緒ちゃんのことも好きになれないんだ。

でもそれを口に出すことはできなかった。

「ウチ、両親仲が悪くてさあ。言い争いばっかりしてるの。些細なことから大きなことまで。それでお父さんがいないときは、お母さん、ずっとお父さんの悪口を言ってるの。ううん、あれは悪口を通り越してもう呪いだね。呪詛の言葉をずっと吐き続けてる」

「どうしてそんなふうになっちゃったの」

「さあ、私が物心ついた頃からずっとそんな感じだったから。要するに相性悪いんだろうね。お母さんはお父さんがいると始終イラついてる感じだし。でね、お母さんは『私が美人だったら、あんな人と結婚しなかったのに』っていつもそこにたどり着くの。つまりね、そういうことなんだよね」

「でもそれは美緒ちゃんのせいじゃないじゃん」

「そうなんだけどね。だけど理屈じゃないから、家族は。家は、むき出しの感情のふきだまりだから。今日もね、バレンタインのチョコ、手作りしたのをお母さんにあげたら『あんたはあんまり食べないほうがいいわよ、チョコ。ニキビが出て、肌まで汚くなったら、見られたもんじゃないでしょ』って言うの。それで『親だから言うのよ。他人じゃ言ってくれないわよ。他人は陰で嗤うだけよ』って」

「それは違うんじゃない？　身内だからって、何を言っても構わない、いくら傷つけてもいいってことにはならないよ」

「私のお母さんは、それがいいことだと思ってるんだよ。私のためを思って言っているんだって」

美緒ちゃんの話を聞いているうちにだんだん胸が痛くなってくる。

「それでさっき、社会科見学で郷土資料館行ったときの写真、学校でもらったやつ、お母さんに見せたのね。グループごとに撮った写真ね。私、梅沢さんと同じ班だったじゃん？」

梅沢さんは、正統派の美少女で、東京の芸能事務所からスカウトが来たとか、模試を受けに行ったら、そこで初めて会った他校の男子生徒に告白されたという噂のある子だった。「それでお母さん、梅沢さん見て『綺麗な子ね。大人になったらものすごい美人になるでしょうね』って言ったの。『お母さん、こういう子がよかった？』って言ったら『そりゃあ』って言いかけて、さすがにハッとして口をつぐんだんだよね。

私ね、学校で梅沢さんを見たり、テレビでアイドルを見たりすると、私がもしこういう子だったら、お母さんを喜ばせただろうなって、そんなことばかり考えちゃうんだよね。自分でも馬鹿みたいって思うんだけど、やめられないの。

でも時々、ものすごく悲しくて、悲しみがいっぱいになったら、ここへ来るんだ」

美緒ちゃんはゆっくり上体を起こし、再び膝を抱えて、川に目を向けた。私も起きる。

「水に流す、っていう言葉があるでしょ。悲しい気持ちと涙はここで水に流すんだ。川が悲しみも涙も運んでくれるよ、海まで」

陽を受けて川面がきらめいている。

「だからさ、私は整形して綺麗になりたいの。今の自分とは全然違う、別人ぐらいの美人に」

「うん」

それで美緒ちゃんとお母さんの関係が良くなるんだろうか？

喜んでくれるんだろうか？

何か納得できないところがあるけれど、どこがおかしいとも間違っているとも言えない。多分それが今美緒ちゃんに出せる精一杯の答え、希望なんだろう。

大人から見たら、くだらない、取るに足らない悩みって思うかもしれない。

でも今私たちを悩ませて、思考のほぼ大半を占める問題は、そんなのばかりだ。

それらは、いつか振り返ったとき、あの頃はくだらないことに悩んでいたよな、って思えるんだろう。そこまでわかっているのに、今はどうしようもできない。小さな悩みに囚われ、そのどうにもならなさに、みっともなくもがいている。

私だって、今はマラソン大会をどう乗り越えるかで頭がいっぱいだ。それと祖父のこと。どちらも考えても仕方がないことかもしれないのに。

以前、テレビで、ゴミを拾って暮らす子供のドキュメンタリー番組を見たことがある。とても家とは呼べない、路上生活と変わらないような劣悪な住まい環境で、この上なく不衛生な悪臭漂うゴミ山から使えそうなものを拾ってきて、それで生計を立てている少女の話。

もしあの子と、私の生活が一日だけ入れ替わったら、私の生活は天国だと思うだろう。

私たちが今悩んでいることなんて、本当に小さなことで、とても悲劇なんて呼べるものではない。

だけどどうしようもない。今は。そのどうしようもなさに身悶えするだけだ。

日も翳ってきたので、美緒ちゃんを家まで送り、帰る途中、中原君の家の前を通りかかる。

バラのアーチが設えられた庭に、洋風の家。一階に明かりがついている。中原君の部屋は二階だろうか。

「あれ？　星野さん？」

声に振り返ると、中原君だった。

部活を終えて今帰ってきたらしい。

「え、あ、や、その、あの」

顔の前で手を激しく振ったり、明らかに挙動不審者になる。

「もしかして、届けに来てくれたとか？」

「へ？」

「チョコ、バレンタインの」

「はあ？　まっさかあ。バレンタイン？　何それ？　二月十四日は、山本周五郎の命日以外の何ものでもないっ。樅の木でも食っとれっ」

「それ、中学生に通じるかな？　俺はわかるけどね。山周、実は愛読書だったりする。友達に勧められて読んだのがきっかけだったけど。『樅ノ木は残った』はすごく良かった」

意外。実は私のほうこそ読んでいない。

山本周五郎の命日は、祖父からの受け売りで、樅の木、も、祖父の本棚にある全集の背表紙を見たことがあるだけだ。

「そんなにもらっているんだからいいじゃないの」

中原君が下げている、多分バレンタインのチョコが入った赤い紙袋を指す。中からちらりとピンクのリボンの端がのぞく。

「チョコは、消化吸収が良くて、すぐにエネルギー源になるから、走るときいいんだよ。マラソン大会のエイドにはチョコが置かれてるしね」

笑って紙袋を掲げた。

「それ、聞いたことある。だから私も今日ポケットに入ってるの、チョコ」

「チョコでエネルギー補給するほど走ってないのに」

「走ってますっ。前よりは」

「そりゃあ良かった」

「コウ、帰ってきたのか?」

少し奥まった家の扉が開き、人影が見えた。

「あ、うん、ただいま。兄さん」

「お兄さんいるんだ」

「うん。まあ」

「じゃあ、これお兄さんと二人分。友チョコ。余ったから」

ポケットから小袋チョコを取り出す。

「溶けてるかもしんないけど。私の熱で」

「だからそれほど走ってないだろ。でもサンキュ。兄貴の分まで」

中原君は、受け取ったチョコを顔の高さにまで上げ軽く振った。

私はドアのシルエットに向かって一応軽く会釈をすると、向こうも返してくれた。


次の日、学校に行くと、美緒ちゃんがすぐに飛んできた。

「昨日はごめん、っていうか、ありがとう。わざわざ家まで送ってもらっちゃって。帰り大丈夫だった? 遅くなんなかった?」

「ああ、全然。途中で、中原君に会ったよ。やつン家の前で。チョコ、たくさんもらってご機嫌だったよ」

チョコを渡したことは言わないでおく。どうせ友チョコの余りだし。美緒ちゃんが笑い声を立てた。

「中原君って、お兄さんいるんだね」

「えっ？」

美緒ちゃんの驚いた顔に、こっちも驚く。

「いや、昨日ちらっと見かけたから」

「そっかあ。中原君のお兄さんかあ。それ結構貴重かも。同じ町内だけど、私なんかもう何年も見てないし」

「え、どういうこと？」

「そうだよね、茜ちゃんが越してくる前の話だから知らないかあ、中原君のお兄さんのこと」

「何？　何の話？」

美緒ちゃんは、周囲を窺うように視線を走らせ、顔をグッと近づけると、声を潜めた。

「彼のお兄さん、結構年離れてて、確か十歳ぐらい違うのかな。でもやっぱり中原君みたいに運動神経抜群で、陸上の選手だったの。それで世界陸上に出たのよ。当時まだ高校生だったけど、最年少で。こんな小さい町からそんな人が出たのは初めてだったから、そりゃあ盛り上がったのよ。町中挙げてね。町立体育館で盛大な壮行会を開いて、寄付も集めたし、地元新聞やテレビでも特集されて。茜ちゃんは、当時まだこっちに住んでいなかったけど、同じ県内だし、覚えてない？」

首をかしげて遠い記憶を呼び起こそうとしたが、何せ小さかったし、スポーツ関係のニュースに全く興味を持っていなかったので、ほとんど記憶にない。

でも、そんなすごい人が中原君のお兄さんだったんだ。

「だけど結果は、期待された得意の百メートルは予選落ちだし、もうひとつ出場したリレーは、レース中に、ほかの選手の走路妨害したとかで失格。予選落ちはともかく、この失格っていうのがね、もちろんわざとじゃないんだけど、いろいろ言う人がいてね。期待が大きかっただけにね。大会当日も、体育館に巨大スクリーン設置して、町長はじめ、各方面からお偉いさんも来て、町の人も集まってテレビの前で応援してたのね。地元のマスコミも取材に来ていたし。でも結果がこれだったから。私も親に連れられて行ってたけど、終わったらもうみんな一様に下向いちゃって目を合わせようともしない。大勢の人が一斉にため息をもらすと、空気が本当に重くなるのね。でね、決して、中原君家が言い出したわけじゃないのに、寄付のこととかいろいろ言う人が出てくるのよ、後から。『期待を裏切った』『応援していたのに』、なかには『どのツラ下げて帰ってこられるのか』なんて言う人までいたみたい。弱っている人を、ここぞとばかりにこてんぱんに叩くような人もいるからね。自分の憂さ晴らしに。

お兄さん、こっそり逃げるように帰国して、それ以来家から出られなくなっちゃって、人の目が怖くなったのかな。精神的にもまいって、体調崩して、高校も行けなくなったんだって。そしたら今度は『そういう試練も乗り越えられないような弱い精神力だから、本番で力が出せなかったんだ』って言う人もいて、それでますます追い込まれていったみたい。ある日の夜中に、中原君家に救急車や消防車が来て、大騒ぎだったんだけど、お兄さん、薬を飲んだみたいで」

「それって」

「真相はわかんないけど、そういう噂」

「命に別状はなくて、しばらく入院したけど、退院して家に帰ってきてからも、ほとんど外には出ないらしくて、近所の人も見かけたことないんじゃないかな」

そうだったんだ。そんなことがあったんだ。

予鈴が鳴り、美緒ちゃんは自分の席に戻っていった。

窓際の列に目をやると、いつもと変わらない様子の中原君の横顔があった。

今日も体育があったが、気のせいか幾分前より走るのがラクになったように思う。まだセカンドウィンドを感じられるほどではないけれど。

男子のほうを見ると、中原君は軽く流す感じでも圧倒的なトップだった。

やっぱり遺伝、血筋もあるんだろうな、お兄さんも速かったし。

お兄さんと同じように足が速い。そのことを中原君はどう思っているんだろう。陸上を始めたのはお兄さんの影響なんだろうか？　それともリベンジ？

毎朝、登校すると、これから六時間か、長いな、と思うのに、日々はあっという間に過ぎていく。

夕暮れを見ると、一日一軒の本屋さんがなくなっているというニュースを思い出す。昨日と変わらない、何もない一日のように思えるのに、私の知らないところでは、そんなことが起こっていて、それはもう私にはどうしようもないことで、私なんかがこんなところで焦ってジリジリしても仕方がない、どうなるものでもないのに、そのことを思うと部屋の中をぐるぐる歩き回りたいような衝動に駆られる。

祖父の部屋に行くことは、それに似ていた。

自分にはどうすることもできないことなのに、なんとかしなくちゃと気持ちだけは思う。具体的にどうしていいのかもわからないのに。

祖父は眠っていた。

目を閉じているると、一瞬どきっとしてしまう。近くに行き、息を確かめる。

ゆっくりとまぶたが開いた。眠りが浅いらしく、すぐに目を覚ますのだ。

「ごめん、起こしちゃった？」

「いや、少しウトウトしていただけだよ。でも夢を見たな。久しぶりにあの夢を見た」

「どんな夢？」

「犬の夢だよ」

「犬？　うち、犬なんて飼っていたことあったっけ？」

「いや、飼い犬の話じゃない。野犬だ」

「野犬？」

「ああ、おじいちゃんがまだ若い頃だ。三十代だったな。当時中学一年生を受け持っていたんだが、長期休んでいる子がいて、家庭訪問に行ったんだ。あまり行ったことのない地区で、生徒の家は、桃畑に囲まれたところにあった。その家に行く途中、どこからか犬の鳴き声が聞こえてきてね。ただ吠えているというのじゃなくて、もっと悲痛な苦しみの混ざった鳴き声だった。声のほうを見てみると、黒い野犬がトラバサミに前足を挟まれていたんだ」

「トラバサミって、罠か何か？」

「ああ、今はほぼ禁止されているが当時は使えたんだ。でも桃畑に仕掛けたのは動物を捕まえるためじゃない。桃の収穫時期になると出没する桃泥棒を捕まえるためだったらしい。高級品だからね。高値で売れるんだろう。毎年被害が出た。農家にとっちゃ、たまったものじゃなかった。一年かけてようやく収穫って時にごっそりやられたら。考えてみれば、枝に現金をぶら下げておくようなものだからな。夜、数人でやってきて、ちょうどいい色になったやつを根こそぎだ。実際被害に遭った農家の人は、朝来たらほとんど全部やられていて、腰を抜かしたっていう話だ。そこの畑の主は、その対策にトラバサミを使ったんだろうな。その証拠に、畑の入口や、道沿いの木の枝に『トラバサミ、注意』『トラバサミ仕掛けてあります』って書かれた紙が貼ってあったり、吊るされたりしていた。泥棒への警告、脅しのためだったんだろうけど、動物は、そんなもの読めやしないからな。罠にかかってしまったんだろう。それこそギャンギャン鳴いていたよ。挟まれた足からは、赤黒い血が滲んでいた」

「かわいそう。その罠外せないの？」

「おじいちゃんもそう思って、近くに行ってみたんだけど、そのトラバサミは鍵付きのタイプで、鍵がなきゃ外せなかったんだ。トラバサミの鋸歯が足に深く食い込んでいた。そりゃあ痛かったろうと思うよ。もがけばもがくほど、鋭い歯が肉に食い込む。でも鍵がなきゃどうにもならないんだ。犬がすがるような目で見ていたけど、おじいちゃんは、ごめんよごめんよ、と言いながらその場を離れるしかなかった。尾を引く鳴き声が小さくなっていくのを耳にしながら。でもきっと今日中には、畑の持ち主が来て、外してくれるだろうと思った。動物を捕るためのものじゃないんだから。そう願いながら、生徒の家に急いだ。生徒に会ってみると、いじめとかそういうことじゃなくて、体調を崩しているっていう話だった。生徒本人とも話ができて、来週には登校するということになって、その件はそれで片がついた。帰りは、その子の親が駅まで車で送ってくれるというので、犬のことが気になっていたけれど、そうしてもらった。

その五日後ぐらいに、その子に記入してもらう書類があったから、また家を訪ねたんだよ。別に学校に来てからでもよかったんだけど、実はあの犬のことが気になっていてね。例の畑に近づくと、犬の姿がなかったから、よかった、あの後やっぱりここの畑の人が来て罠を外してくれたんだ、と思ってほっとしたら、草むらに黒いものが見えた。もっと近づいてみると、そこには五日前に見たのと同じ、トラバサミがあったんだ。閉じた鋸歯の間に、犬の足だけが挟まっていた」

「え、それってどういう」

「足が壊死したんだろう。それで野犬は、腐ってもげた足を置いてどこかに行った。実際には見ていないのに、足を失って、ひょこひょこと歩く犬の姿がはっきりと頭に浮かんだよ」

祖父はそこでひと呼吸おいた。

「それからまたしばらくたって、会議で県境の学校に行くことがあって、普段使わない路線の電車に乗った。山の間を縫っていくような列車だった。車窓から、いつもとは違う景色に目をやりながら、山百合が咲いているのなんかを見ていた。すると線路脇の草むらに黒い犬の姿があった。電車が走る、ちょうど目の高さの土手に、その犬はいた。三本足でしっかりと立って、こっちを見ていた。あの犬だ。間違いない。そう思った瞬間、目が合った気がした。野を踏みしめて力強く立つその姿は、堂々として、凜々しく、神々しくさえあった。数秒の出来事だったけど、ああよかったな、とかそういう単純なことじゃなくて、もっと心の深いところが震えたんだ。生きているんだ、と。生きものは、死ぬ瞬間までは、生きているんだな、と。当たり前のようなことだけど、そうなんだ。その姿は脳裏に焼き付いて、どうしても忘れられない。それから、何年かに一度ぐらいのごくたまにだけれど、その犬が夢に現れるようになった。ここしばらくは、もう十年以上は見ていなかったから、本当に久しぶりだった」

祖父は唇の渇きを潤すように少しもぐもぐさせた。

「どんな姿になっても、命の砂時計の最後のひと粒が落ちきる瞬間までは生きているんだよ。おじいちゃんもこんな体になって、あちこちもうぼろぼろだけど、半分死んでいるようなものかもしれないけれど、まだ生きているよ。いろいろなことにだんだん諦めがついて覚悟はできているけど、生きることを捨てたりはしないよ、最後まで」

私も静かに頷く。

「だからずっと長生きして」

祖父が、ふっと息を抜くように微笑む。

「そういうわけにもいかないんだよ。年寄りが死ぬのは当たり前だ。自然の摂理ってやつだ。でも生きているのは、当たり前のことじゃないぞ。忘れがちだけど、今日、今生きていることは当たり前のことじゃないんだ、誰でも。親父はじいさんになれなかった。おじいちゃんは、生きて年を重ねてじいさんになれた。その結果、年齢で死んでいく。これは幸せなことだ。おじいちゃんがいなくなっても、そう悲しむことはない。忘れてもいい。忘れているくらいでいい。死者を思い出すなんてのは、ろくな時じゃないものさ。困った時とか落ち込んでいる時とかな」

「そんなことないよ。私は思い出すよ、おじいちゃんの好きな春が来るたび、おじいちゃんの好きだった花が咲くたび、おじいちゃんの好きだった大福を見るたび思い出すよ、きっと」

「それはよかった。それでもう十分だ」

祖父が、指先をかすかに震わせながら、細い腕を伸ばして私の手を握る。骨の感触が手に伝わる。

泣きたくなるのをこらえた。

時々そういう小さな賭けはする。

多分誰でもしたことがあるだろう。例えば投げた紙くずが、ゴミ箱に入ったら、今度のテストで八十点以上とか、懸賞が当たるとか。なんの根拠も効力もないけど。くだらない、なんの意味もないと思っていても、ついやってしまう。意味がないところがいいのかもしれない。

母は、大人でもそういうことを、いまだにやっている、といつか言っていた。当たったらラッキー、外れても気にしない。いい時だけ一瞬心が軽くなる。ほんのお遊び。

でも、これは違う。真剣に思い、願う。

もし今度のマラソン大会で、一度も歩くことなく、最後まで走り通せたら、祖父はあと二年は生きる、確実に。

最初は五年にしようかと思ったが、それだと交換条件として、私が上位に入るくらいじゃないと無理な気がして、さすがにそれは無謀だから、このくらいにしておく。根拠はないとはわかっていても、強く願えば、もしかしたら天に通じることもあるんじゃないだろうか。

その人が最も苦しいことを克服したご褒美として、神様が受け入れてくれるんじゃないだろうか。

おとぎ話では、困難と引き換えに、願いは叶えられる、いつでも。

そうだ、デッドゾーンを突き抜けるんだ。

そうしたら祖父も苦しい状況を抜けられるかもしれない。心地よい風を感じられるかもしれない。

そのためには鍛錬あるのみ。

まさか私が運動に対して、これほどまでに前向きになり、やる気を見せる日が来るとは。自分でも驚く。

次の日の休み時間、中原君に話した。

「あのさ、私今度のマラソン大会、どうしても頑張らなくちゃならないの。だから走るフォームとか、教えて欲しいんだけど」

中原君が目を見開く。

「そりゃ教えるのはいいんだけど。クラス対抗のタイム集計、気にしてんの？」

「や、そうじゃなくて、いやそれもあるんだけど、とにかく少しはマシにしたいの」

中原君は、私の真剣さに気圧されたのか「うん、うん、わかったよ」と承諾してくれた。

とりあえず、土曜日の午後、走る時間を決める。

土曜の午後は、空の青さがしみ入るほどよく晴れた日だった。

中原君は、約束したちょうど三時にやってきた。場所は私が初めて走った日に会ったところ。

「よっ」

「ごめん、部活終わった後なのに」

「いや、いつも走ってるし」

本当に走ることが好きなんだな。

でもその走ることが、お兄さんを苦しめたのに。

今はもうお兄さんは全く走っていないんだろうか。だとしても普通の人よりずっと速いんだろうけど。おそらく歩くのでさえ、私の走りより速いと思う。

「運動神経を良くすることは、簡単じゃないけれど、できないことはないんだよ」

「どうすればいいの？」

「運動神経は、脳から筋肉へ、動けって命令を出すときに通る神経で、運動神経がいい人っていうのは、脳がイメージした通りに、正しいフォームで体を動かせる人なんだ」

そうなのか。

だったら、私はその脳の伝達係がサボってるんだな。

「正しいフォームを身につけるには、何度も反復練習して、頭と体で覚えることだよ。スポーツが得意な人は、体を動かす要領やコツを、感覚をつかんでいるんだ」

頷きながらも、こっち側と向こう側には、大きな隔たりがある気がする。向こう側の人間になれる気がさっぱりしない。

「それは無理だと思う」

「いや、運動神経が最悪な人でも、時間をかければ、正しいフォームは必ず身につくよ」

運動神経が最悪な人。

さらりと言ったが、ここはもっと食いついたほうがいいだろうか。

「と言っても、走るのは、球技ほどそこを気にすることはないよ。でも全ての基本だからね、走ることは。筋力もつくから、それが運動能力向上にもつながる。運動に適した体にできる。走ればインナーマッスルも鍛えられて、柔軟性も身につくから、体のバネが有効に活用されて、体が軽くなる」

そう言われるとなんだかできそうな気がしてくる。

「まずはウォーミングアップだよ。いきなり激しい運動をすると、心臓や肺などの循環器や呼吸器が順応できないからね」

中原君がストレッチを始めるので、真似をする。それが終わると走り始めるので、後に続く。

「走るなんて、小さい頃からみんなしているから、誰にでもできると思われているけれど、まあ実際そうなんだけど、やっぱり正しいランニングフォームというのはあるんだよ。少しのフォームの違いで、体への負担を少なくしたり、ケガのリスクを減らしたりすることができるんだ。フォームが悪いと無駄に疲れるしな」

中原君が走りながら言う。

私に合わせて随分走りを遅くしてくれている。

「もっと背筋を伸ばして。猫背になってるよ。猫背は腰や膝の負荷が大きくなるんだ。肩の力も抜く。顎は引いて目線は真正面に」

細かく言われたが、今までそんなことは意識したことがなかった。

とはいえすぐに苦しくなる。いつもならここで足を止めてしまうところだが今日はしない。たとえ歩いているのとそう違わない速度でも、正しく走るフォームを意識しながら足は止めない。

「そうそう、いい、その調子」

体を動かして褒(ほ)められたのなんて初めてじゃないだろうか。

呼吸も意識するとリズムが取れてきた気がする（遅いなりに）。それにひとりだとついラクなほうへラクなほうへと流されて自分に甘くなりがちだが、誰かほかの人の目があると、頑張ってみようかという気になる。

「今日はこの辺にしておこうか」

中原君に言われるまで、走り続けることができた。

次の日の日曜も、時間を決めて二人で走る。

昨日より少しだが、走れるようになってきたように思う。この分でいけば、結構いけるんじゃないか。

平日もひとりだが走ることにした。

不思議と走ると気分が良かった。なすべきことをしたような、すっきりした気持ちになれる。


その日、学校から帰り、明日の時間割を見て、書道があることを思い出した。

書道セットを出してみると、墨汁が切れていた。

ランニングがてら、買いに行くことにする。町の中心にある唯一のスーパー。自分のペースで走りながら店に着き、店内に入ると、夕刻だけあって混んでいた。文房具コーナーを目指す。

行く手に見覚えのある学生服の背中があった。

あっと思うと同時にその背中も振り向いた。

「中原君」

向こうもちょっと驚いたようだった。その隣には、同じ背格好の男の人が立っていた。

あ、この人。

「何？　買い物？」

中原君が聞く。

「あ、うん、明日書道で使う墨汁がなくなってたから」

「そうだ、俺もだ。たしかあと少しだった。サンキュー。星野さんのおかげで思い出したよ」

屈託なく笑う中原君の横で、所在なげに微笑んでいる男性は、中原君によく似ていた。

「あ、これ、うちの兄貴。こっちは同じクラスの星野さん。ほら、この前チョコをもらった」

お兄さんが、ああ、という顔になる。二人会釈を交わす。

「中原君、今日部活は？」

「休んだんだ。ちょっと用事あって。あ、墨汁、こっちかな」

中原君が私のすぐ近くに寄ってきた。

お兄さんに背を向け、私と並び、墨汁の棚に手を伸ばしながら、

「兄貴を病院に連れてかなくちゃならなくて」

ぼそっと小声で言った。その横顔は少し硬いように見えた。

「これでいいや」

一本を手に取ると、お兄さんが持っていたカゴの中に入れる。ほかには、牛乳やスナック菓子が入っていた。

「あ、そうだ。食パンも頼まれてたんだ。ちょっとここで待っててくれる？　すぐに戻ってくるから」

お兄さんにそう言うと、中原君はパンのコーナーへ行ってしまった。

お兄さんとその場に残され、何を話しかけたらいいものか逡巡していると、意外にもお兄さんのほうから口を開いた。

「あ、あの、この前、チョコ、ありがとうございました」

「え、あ、いえ、そんな、大したもんじゃ」

「お、美味(おい)しかったです」

「いや、そんな」

「いや、ほんとに美味しかったから」

なんだか恐縮する。もっとちゃんとしたチョコをあげればよかったと今更思う。

「何か、その、あなたは、とても運動が苦手だとか」

中原君、そんなことも話してるんだ。

「はい。散々なこと言っているでしょう、中原君」

「いやいや、楽しい話ですよ。最近はあなたの話ばかりするから」

中原君が戻ってきた。

「いつものパンがなかったから、イギリスパンでもいいか」

お兄さんが頷くと、「じゃあまた」と中原君が言って、行ってしまった。二人並んで歩いていると、背丈(せたけ)も同じくらいで、前から見るよりも後ろからのほうがよく似ていた。

走りながら帰るときも、二人のことが気になっていた。

あのお兄さんも陸上の選手だったんだよな。

それもかなり有望で、世界レベルの大会にも出たことのある。

美緒ちゃんによると、ほとんど家にこもりっきりのような話だったけど、今日は特別なんだろうか。病院に行ったって言ってたっけ。どこが悪いんだろう。


その週の水曜日は、先生たちの研修があるとかで、半日授業だった。

当然、部活もいつもより早く終わる。中原君とまた走ることにした。

「ずっと良くなったよね、最初の頃より。走ることが楽しくなってきたんじゃない？」

走り終わった後に聞かれる。

「うーん、そこまではまだ行ってないかな。中原君みたいに、速く走れる人は、走ることが楽しいんだろうけど」

「まあ、楽しいっていうか、好きなんだよね、走るのが」

「走るのは、お兄さんの影響(えいきょう)もあるの？」

「えっ」

途端に、中原君の顔がこわばる。

しまった。私まずいこと言ってしまったか？

「知ってんだ、兄貴のこと」

「いや、詳しくは知らないけど、すごく有望な陸上選手だったって」

「有望か。じゃあその有望がなくなったら、その人はどうなると思う？」

「え」

「知ってるんでしょ？　ほかのことも。兄貴がダメになったいきさつも」

私が黙っていると、

「別にいいけど。隠してるわけじゃないし」

中原君は手近にあった枯れ草を手荒く引きちぎった。

「それだけを目標に、人生の中心にして努力に努力を重ねてきたのに、そこがなくなっちゃった人間ってどうなると思う？　抜け殻になるんだよ。元選手じゃない。ただの抜け殻」

「そんな」

「事実だよ。それまで走ることが何より好きで、走るために生まれてきたんだって思っている人間が、今度はそのことで苦しめられる。まあスポーツに困難や挫折はつきもので、そこを乗り越えられなかったのは兄貴の弱さかもしれないけど、だったら最初からこんな世界に飛び込まなきゃよかった、そうしたらこんなに苦しむことはなかったのに、って思うよね」

「お兄さんは、後悔しているの？　陸上を始めたこと」

「さあ、わかんない。訊かないし、そういうの。自分で、後悔しているって思ったら、それまでの自分の人生、否定することになるだろうし。俺だって、最初、迷ったんだよ、陸上始めるとき。兄貴や親が嫌がるんじゃないかって。走る俺の姿を見たら、嫌な思いをするんじゃないかって。でも違った。家族は俺が走るのを好きなこと、知っていたから。なおさら兄貴のために気を使ってやらないんだとしたら、そっちのほうがいやだって。悲しいって」

それはわかる気がした。

「だからって兄貴のリベンジに燃えて走ってるってわけでもないんだ。俺は単純に好きなんだよ、走ることが。どうしようもなく」

冬の風が渡り、乾いた草の匂いがする。

川面のきらめきが刺さるように目にしみる。

同じ年で、こんなにもはっきりと自分の好きなものがある中原君を、強烈に羨ましいと感じた。強い、中原君は。自分の好きなものがある人は強いんだ。

その日の夜、祖父の部屋に行った。

「お、何かあったかい？」

部屋に入るなりおじいちゃんに言われる。

「え、何？　急に」

「いや、なんだかすっきりした顔をしているから」

「そ、そう？」

肉体的には衰えているけど、ほかの感覚は鋭くなっているようだ。

「マラソン大会に向けて、トレーニングしてたからかな。マラソン大会明日なんだよ」

「そうか。頑張れよ。寝ながらだけど、応援しているよ」

もし一度も歩くことなく、文字通り「完走」できたら、おじいちゃんが良くなるって、勝手に賭けていることは内緒だ。

「うん、頑張るよ」

当日は絶好のマラソン日和だった。

美緒ちゃんは、相変わらず、やる気なしモードで「もー、やだよー。十キロって何？　普通乗り物乗る距離でしょ？　走るとか意味わかんない。かったりー」と言っていたが、いざ始まるとそこそこ速い。

一見やる気なしと見せておいて、いざとなるとまあまあの結果を出すという、いつもの美緒ちゃんスタイル。

私は私のベストを尽くすのみ。どこかでさんざん言い尽くされた言葉だけど、案外真理はこういうところにあると知る。

明鏡止水。祖父の部屋に飾ってある色紙に書かれている言葉。

曇りのない鏡と、静かに澄んだ水のように、なんの邪念もなく、静かに落ち着いている心の状態を言うのだと教えられた。いや、あるけど、邪念。いや、これは邪念じゃない、願いだ。無事完走できたら、祖父はきっと。

そんなことを考えている間に男子がスタートした。

「またどうせ中原君が一位でしょ」

美緒ちゃんが言う。ほかの子もそう思っているだろう。

でもみんなにもそう思われていて、実際その通りになる、その通りの結果を出すって、実はものすごい大変なことなんだ。

まあ私も真逆のベクトルで、そう思われている人間ではあるけれど。

疑う余地のないダントツのビリであろうと。

担任の矢崎先生までもが、

「星野さん、戻ってきて教室に誰もいなくてもそのまま帰っていいから。ただ最後に明かりだけ消しといてくれれば」

私の最下位ありきの話を、大会が始まる前に言ってくる。

まあ、いい。今の私は明鏡止水。自分との戦いのみ。

女子もスタートした。コースは学校周辺。

ところどころに先生やPTAの人たちが立っている。いつもなら、そこを通るときだけは一応走っているふりはするが、後は全部歩いていた。でも今年の私はちょっと違う。

いや全然違う。なんとか最後尾のグループについていく。

みんな「あれ？」という感じで私を気にしている。いつもならこの遅いグループにも早々に置いていかれる私だからだ。

あれ、この子がついてきてるって、私たちがもしかして遅くなってんじゃね？　と思って内心焦っているだろうか。どこにもそれなりの戦いがある。

君たちが変わったんじゃない。私が生まれ変わったのだよ。

その鈍足グループでさえ遅れを取る子が出てきた。

それはまさに去年までの私。なんと私の後ろに人がいるじゃあないか。ちらりと振り返ると、結構距離ができている。

嘘でしょ、おい。

僕の後ろに道はできる、と言ったのは、高村光太郎だったか。私の後ろに人がいる。詩が書けそうな気がする。

今のところ歩いてはいない。

それどころか、体が軽くすら感じる。走り始めこそ苦しかったが、このグループについていくことに必死で、走り続けていた。するとある時ふっとラクになったのだ。以前ほど苦しくない。

もしかして、これがセカンドウィンド？

実は練習中は一度もセカンドウィンドを感じたことはなかった。

それを味わうにはもっともっと苦しい思いをして、それをつき抜けてようやくたどり着く境地だと思っていたから、練習中はそこまで、厳しく走り込んでいなかったのだ。

それでも筋力がついて、肺や心臓が鍛えられたからだろうか。

いや、これは奇跡だ。もしかしたらおじいちゃんの。

ここで祖父の声が耳元でリアルに聞こえたり、祖父の気配（生霊？）を感じたりしたら、まさに奇跡体験だったろうが、別段そうしたことはなかった。

はたから見たら十分に遅い最後のグループに必死についていってるだけで、奇跡も何もなかろうが。

明鏡止水どころか、いろんな念が浮かんでは消える。いや、人間は考える葦。常にいろいろなことを考えているものだ。

そういえば、中原君は走っているとき、何を考えているのだろう。今度訊いてみよう。

いや、マラソン大会が終われば、もう走ることもないか。そうか、これ終わったら、もう一緒に走ることないんだ。その事実を、大会当日走っている最中に気づくという間抜けさ。

ひどく残念な気持ちが湧き上がってくる。

明鏡止水は遥か彼方に吹っとんで、心が千々に乱れた。

ところどころのコーナーで立っている先生が「おっ」という顔でこちらを見ているのがわかる。なかにはコントのように二度見する先生もいたが、驚いているのは私も同じだ。

　そしてとうとうそのままゴールしたのだった。

　ずっと走っていたのに、去年よりラクに感じた。順位もタイムも当然上がっていた。零点ばかりだった子が、ようやく二十点取れるようになったぐらいの上昇率で、まだまだ平均点にはほど遠く、トップなんて夢のまた夢だが、この一歩は大きい。大いなる一歩だ。

　教室に入ると、みんなまだ残っていて、一瞬どよめきが起こり、矢崎先生が驚いて目をむいた。

「今年はとうとうダメだったか、そうか棄権したか」

　ムッとしながら、順位表と記録証を見せる。

「こ、これは」

　眼鏡の奥の目をしばたかせ、順位表、記録証に見入る。

「いやあ、驚いた。これは、中原の二連覇、二年連続の新記録更新と同じだけの価値が有るぞ」

　クラス中から拍手が巻き起こる。

中原君のほうを見ると、笑顔で拍手していた。

帰り支度をしていると、

「頑張ったな」

声に振り返ると、中原君だった。

「中原君のおかげです。ありがとうございました」

軽く頭を下げる。

「いやいや、星野さんの努力の成果だよ。でもこれがきっかけで走ることが好きになったんじゃない？」

言われて思い出す。

「あ、そうだ。私今日初めて走っている途中でセカンドウィンドを体感したんだよっ。本当に体がラクになるんだね。精神的にも心が軽くなるっていうか、確かに感じたよ、セカンドウィンド、二番目の風をっ」

「ん？　風？　二番目の？　いやウィンドって、確かに風っていう意味もあるけど、マラソンで言うのは、呼吸のことだよ、第二の呼吸」

「え、そうなんだ。ま、いいや。確かにあの時は風に吹かれたような爽快(そうかい)さを感じたんだから」

「それが忘れられなくて、またセカンドウィンドを味わいたくて、マラソンを続ける人多いんだよ。セカンドウィンドの状態なら、多少ペースを上げても疲れないいんだ。それを体感できたってことは、練習で基礎体力がついたってことだよ。これを機会に星野さんも、ランを続けたら？」

「それはどうだろ？　マラソン大会までの期間限定だから頑張れたっていうのもあるし」

「でも走ることでインナーマッスルを鍛えれば、ほかのスポーツもこなせるようになるんだよ」

「うーん、ま、考えとくわ」


家に帰って、早速祖父に順位表と記録証を見せる。

「おお、おお、大したもんだ。さすが茜だ」

昨日よりも顔色がいい気がする。

あの願いが受け入れられたのかもしれない。

大丈夫と思えてくる。そうだきっと大丈夫だ。風向きが変わったんだ。きっとこれからいい風が吹いてくる。奇跡が起こるような気がする。デッドゾーンを抜けるのはもうすぐだ。

それからまもなく期末試験があり、卒業式やクラブの送別会、終業式が終わり、春休みに入った日に、祖父が亡くなった。

空が光と遊んでいるような春の朝だった。

前日までは何事もなく過ごし、夕飯も普通に食べ、いつもと変わらなかった。その夜、就寝中に亡くなったのだ。全く苦しむこともなく静かに息を引き取ったらしい。寝ている間に亡くなったのなら、本人は亡くなった自覚があるんだろうか。

死と眠りの境はどこにあるんだろうか。

その時夢は見ていたんだろうか。

祖父は「命の砂時計の最後のひと粒が落ちきる瞬間までは生きている」と言ったけれど、その最後のひと粒が、とうとう落ちたのだ。夜のうちに。

苦しんで亡くなったのじゃなくてよかったと、両親や親戚が言った。

穏やかな死だったと。よかった死なんかあるんだろうか。

どんな亡くなり方でも死はつらい。寂しい。

マラソン大会を完走できたことで、勝手にどこか安心していたフシがあったから、これは不意打ちだった。

考えてみればなんの根拠もないことなのに、それにすがって、意識をそらしていた。自分だけの理屈で、無理やりいい方向に思い込もうとしていただけだ。

どんなことをしても、死はやってくるときにはやってくる。容赦なく。

私なんかがひっくり返せるようなものじゃないんだ。

どんなにあがいても、チリチリ胃を焼くようなもどかしさに、身を焦がしたとしても。

それでも祈ってしまう、すがってしまう。そうすることしかできない。

しかしもう怯えなくていいんだ。

いつか失うことに。その日が来ることに。その日のことを思うと怖くて仕方がなかった。

自分がどうにかなりそうで。

でももう怯えなくていいんだ。

いつか祖父が物事は反対から眺めてみるのも大事だと言っていた。

また違ったものが見えてくる、と。そうだ、もう怯えなくていい、いつか失ってしまう恐怖に。失ってしまった今は。

葬儀は慌ただしく行われ、初めて目にする様式や段取りにオロオロしたり、久しぶりに会ういとこや親戚たちと騒いでいる間に、事がどんどん進んでいった。

五年ぶりぐらいに会った遠方に住むいとこの小二の男の子が、私のことを「茜、茜」と呼び捨てにし、髪を引っ張ったり、飛び蹴りをしてきたりするのを相手しながら、私と同じ年の子供がいる親戚のおばさんに、四月からは中三だ、受験生だと、煽られて、もう志望校は決まっているのか、塾へは行っているのか、と執拗に訊かれ、内心辟易した。

祖父の死を悲しむ、悼むどころではなかった。

家の中には近所の人が全く遠慮なく四六時中出入りしていたし、目を離すと年下のいとこたちが私の部屋から、いろんなものをひっぱり出してきたりして、気が休まらなかった。柩に釘を打ち込む際、親族がひとりひとり石を持って打つのだが、年下のいとこたちが、もっとやらせろと泣き喚いたり、火葬場で焼かれた骨が出てきたときには、ぎゃあ怖いっと大騒ぎしたりで、これが後二、三日続いたらとてももたないと思った。

ほかにもお刺身のお造りの数が足りないとか、後で分けようと思っていた果物のカゴを誰かが持っていってしまったとか、男性ものの靴を間違えた人がいて、代わりに残された靴がかなりボロだったため、これは計画的犯行じゃないかとか(間違われた靴は新品だった)、そんなことを大人たちは大真面目な顔で騒いでいて、お葬式は悲劇のはずなのに、ところどころ喜劇めいていて、実際時折笑い声が起きた。

　これが通常なのか、それともうちが変なのかわからなかった。

　唯一、お寺の庭でほころび始めた桜の花と、満開の白木蓮を見上げたときに、ああ、春だ、と思った。

　祖父の一番好きな季節なんだと。自分の一番好きな季節に逝った。

　願わくは花の下にて春死なむその如月の望月のころ

　そんな和歌があったのを思い出した。

　教えてくれたのは祖父だ。誰の歌だったか。

　突然空の青さと白木蓮の乳白色が混ざるように滲んだ。

　これからは春が死者を思う、悲しい季節になってしまうのだろうか？　こんな美しい季節なのに。春を嫌いになりたくないのに。

　葬儀が終わると両親はすっかり疲れ果てていた。

　それでもまだ煩雑な後始末がいろいろあり、右往左往していた。改めて人がこの世からひとりいなくなるということは、大変なことなのだと知った。

世間は全くお構いなしに、いつもと変わらず回っていくけれど。

春休みだったこともあって、しばらく呆けたようになっていた。

「茜も疲れたんだろう」

両親はそう言い、一日中ボケーっとしていても何も言われなかった。それでも少しずつ日常が戻ってきた。

ある時、ポカポカと陽の当たる自室で、財布の中身を整理していたら、レシートが数枚出てきた。

日付を見て、不意に胸を突かれた。

それはまだ祖父が生きていた頃のものだった。これを買ったときにはまだ祖父は生きていた。

そう思うと急に、自分でも驚くくらいの衝撃に打ちのめされた。

もう祖父はいない。死んでしまった。その取り返しのつかなさに、まるでたった今初めて気がついたかのように、うろたえた。祖父が死んだ日から、それ以前とその後が、まるで紀元前と紀元後のように、時の流れがくっきりと分かれてしまった。

この買い物をしたときにはまだこの世に祖父がいたのに。私はレシートを握り締めたまま、泣いた。

祖父が亡くなってから初めて声を出して泣いた。

リビングに降りていくと、父が書類をテーブルに広げて何か書いていた。曜日の感覚がなくなっていたが、そういえば今日は日曜だったのだ。

私の気配に気がついた父が顔を上げる。

「おじいちゃんが昔やっていた株券がいろいろ出てきてさ。いま整理してた」

父はいつもと全く変わらないように見えた。

「お父さん、ちっとも悲しくなさそうだね、おじいちゃんが亡くなったのに。嫁のお母さんはともかく、お父さんは自分の親なのに」

父の眉が少し動いた。

「そりゃあ悲しいよ。自分の親なんだから。でもお父さんぐらいの年齢になると、悲しいというより、後悔の念のほうが強いな。ああすればよかった、こうすればよかった、ってことばかりだ。親父やお袋にとって、もっといい子供、もっといい息子になりたかったたって、いまだにこの年でも思うよ。親にそんなことを言われたことは一度もなかったけどね。

いろんなことが、申し訳なくてたまらなくなる」

美緒ちゃんのことを思い出した。

私はそういう考えを持ったことは一度もない。

そういうことって、いっぱいあると思う。

ほかの人が深く考えたり、感じたりしていることを、私は露ほども思ったことがなくて、もしかしたら一生考えてみる機会がないことも、たくさんあるんだろう。

「おじいちゃんは『亡くなったら、自分のことは、忘れてもいい。忘れているくらいでいい』って言ってたよ。忘れていい、っていうのは、いろんなことを許してるってことじゃないかな」

「父さんらしいな」

そう言って、わずかに笑ったときだけ、泣きそうな顔に見えた。


新学期が始まる前にノートを買いに、徒歩でスーパーに行く。

空の高いところで鳥が鳴いている。麗らかに暖かい一日。空気に花の香りが混ざっている。萌え出でた、やわらかな草の緑が眩しい。

スーパーの店内に入ると入口近くの雑誌コーナーで、見覚えのあるシルエットが目に入る。向こうも何か気配を感じたのか、顔を上げこちらを見やり、お互い「あ」の形に口が開いた。

「こ、こんにちは」

「こんにちは」

中原君のお兄さんだった。お兄さんが手に取っていた雑誌を棚に戻す。

『ランニングライフ』という雑誌だった。それには気がつかないふりをして、

「買い物ですか？」

明るい声のトーンで訊く。

「あ、いや、特に。ちょっと寄っただけ」

「あの、お体のほうはもういいんですか？　この前、中原君、お兄さんと病院行ったって言ってたから」

「ああ、あれね。夜眠れなかったりすることがあったから。ほかにもいろいろね」

あ、もしかして地雷踏んだ？　でもこの前よりスムーズに言葉が出てくるように感じた。お互いに。

「でも、だいぶ良くなったんだよ。以前じゃあ考えられなかったけど、こうしてひとりで外出できるようになったし、こんな雑誌も読めるようになった」

さっきまで読んでいた雑誌を指さし、笑顔を見せる。

「星野さんともこうして普通に話せるし」

ちゃんと苗字を覚えていてくれたことに嬉しくなる。

「コウとマラソン大会に向けて走ってたんだよね。今も走ってるの？」

「いえ、今は全然。ちょっとこのところいろいろあって」

「そう。でも走るのって楽しいでしょ？」

「えー、うーん、どうかなあ。もともと走るのなんて大の苦手で大嫌いだったし」

言ってしまってから、はっとする。お兄さんは、走るのが好きで、でも走れなくなって、今はどうなんだろう？　走ることをどう思っているんだろう？

「僕もね、一時期走ることが嫌いになって、嫌いというより、憎んでいたと言ったほうが近いかもしれないけれど、今少し戻ってきてるんだ。純粋に走ることが好きだった頃の自分に。記録とか順位とか選手とか大会とか関係なく。昔選手だった頃は、自分に最高の喜びを与えてくれるのも、地獄の底に突き落とすのも競技だったけど、今はそこを離れて、走ることに向き合える気がするんだ」

また少し微笑む。

「それに、走ることを憎んでいたら、過去の自分も憎むことになる。それに全てを捧げていた頃の自分を全部。そんなふうにはなりたくないと思ったんだ」

強く頷いて、目を見る。目に力強さがあった。

この人は大丈夫だ。デッドゾーンを抜けたんだ。

そしてセカンドウィンド、第二の呼吸が始まる。深く息を吸い、吐く。

「コウ、春休み中は、土日と同じ時間に同じコースを走っているから、気が向いたら行ってやってよ」

「はい」

素直に頷いた。

次の日、お兄さんの言葉通り、マラソンの練習をしていたのと同じ時間帯にその道に行くと、中原君が走っていた。

「おう、久しぶり」

私の前で緩やかに足を止める。

「あ、このたびはどうのこうの、って言うのかな、大人は。こういう時」

中原君が祖父のことを言っているのがわかった。

「いや、もう別に。おじいちゃん、年も年だったし、病気だったし」

「でも、好きだったんだろ、おじいさんのこと」

「そりゃあ。だけど最後のほうは、病気もかなり悪くなって、体もきつそうだったから。今は苦しみも痛みもないところへ行っているから」

祖父は苦しいデッドゾーンを抜けて、向こう側に行ってしまった。そこにはきっといい風が吹いているだろう。

「あ、そうだ。今日会えてよかったよ。これ」

トレーニングウエアのポケットから、袋を取り出し渡してくる。クエン酸キャンディーとある。

「遅くなったけど、バレンタインチョコのお返し」

「え？　あ、この前あげた小袋チョコのこと？　あれ、余ってたやつだし。別にバレンタインのじゃないんだってば。あんなショボいの」

「だからこっちもショボ返し」

「そこは三倍返しでしょーっ」

「案外図々しいやつだな」

二人で笑う。

「でも賞味期限が来る前に渡せてよかった」

見ると賞味期限までには九ヶ月ほどある。

「もうしばらく来ない、いや、もう来ないと思ったからさ」

中原君が、ちょっと困ったような顔になる。

「まあ、マラソン大会も終わったしね。でも走れば、インナーマッスルが鍛えられて、ほかのスポーツもできるようになるって中原君言ってたでしょ。少なくとも中学はあと一年間、高校の三年間は体育の授業があるわけだし、体育の憂鬱さを少しでも緩和できるなら、続けてみてもいいかなあって。でも高校行くと、美術、書道、音楽って、選択になるのに、体育だけはずーっとあるんでしょ。あー、もう早く大学生になりたいよ」

「ん？　大学行っても体育あるよ」

「え、ほんと？」

「うん、確かあるはず。一年だけとかで、中学や高校の授業みたいに、ガッチガチの厳しい体育じゃないらしいけど。共学だったら、男女一緒にあるらしいよ」

「げっ、嘘でしょ。最悪。いいや、私、大学行かない」

「え、それだけの理由で？」

「もー、なんで体育って、そこまでついてくるのよー」

「それだけ大事ってことだろ。もしヤバい取り引きの現場にＦＢＩが踏み込んできたら、窓から逃げて、屋根から屋根に飛び移らなくちゃならないし、刑事に追われたら、全力疾走でふりきらなくちゃいけないし、密輸船が沈没したら、泳いで岸までたどり着かなくちゃならないからね」

「なんで悪者前提の話になってんの？」

二人でまた笑い合う。

「それはともかく、実際適度な筋肉をつけて、体がしなやかだと、もし何かあったとき、身を守ってくれるから、体育って自分の命を守る実学だったりすると思うよ」

「うーん、じゃあもうちょっとやってみようかな」

伸びをして、すぐ先にある川沿いの道に目をやると、桜は満開に近かった。

花の下にて。

ああ、あの歌は西行だった。

不意に思い出した。そうだ、西行だ。

「大学へ行くかどうかはわからないけど、とりあえず私は西へ行くよ」

「ん？　西へ？　何？　三蔵法師？」

「西行だよ、西行。ゴー、ウエスト！」

走り出す私。

「ちょっ、そっちは東だよ、西はこっち。それよりちゃんとウォーミングアップしたのかよ」

中原君の声が追ってくる。

でも走りをやめない。

西も東も、人から見たら間違っているかもしれないけど、私が走って目指すところが西。

苦しくても、走り続けていれば、セカンドウィンドがやって来る。

必ず来る。

風が吹き、祝福するように、桜の花びらが舞い散った。

放課後

アフタースクール

本当は、○○になりたかったんだけど。

このフレーズを口にするような大人にはなりたくないと思っていた。

本当は、野球選手になりたかったんだけど、本当は、画家になりたかったんだけど、本当は、ミュージシャンになりたかったんだけど。本当は、本当は。

じゃあ、あなたが今生きている現実はなんなんだ？　本当じゃないのか。自分で自分の今を否定してどうする？

本来なら、自分はここにいるような人間じゃないんですよ、別世界で輝いている人間なんですよ、そう言いたいのか。

だが「本当は」なんて言葉で、エクスキューズしたら、自分を余計にみじめにするだけだ。

僕(ぼく)は違(ちが)う。

本当は小説家になりたかったんだけど、なれなかったから国語教師をしているんだ。そんなことは決して口にしない。

だってなるんだから、これから、小説家に。

小さい頃からそう思っていた。それは、時がたてば子供が大人になるように、自然にそうなるものだと思っていた。少しばかり時間がかかってはいるけれど、今もそう思っている。

そうでなければ、ここまで続けてこられなかった。

学生時代にデビューするのが目標だった。大江健三郎や石原慎太郎のように。だが、それは叶わなかったから、教師になった。でも仕方なくなったんじゃない。小説家になるまでのつなぎと考えているわけでもない。それは生徒にもほかの先生方にも失礼だ。そういう考えがどこかにあると、透けて見え、伝わってしまうものだ。両親も教員だった。僕は両親を尊敬しているし、教師の大変さも、人生を賭するに値する職業だということもわかっている。

そのこととは全く別の次元で、小説家になること、というのも常に存在していた。

実際、元教師という作家は多く、国語だけでなく、意外に理系にもいる。

そうだ、作家は全ての経験が作品の糧となるのだ。

この教員生活の日々も、いずれ小説に反映され、いつか花開く日が来るだろう。

そして高名な文学賞を受賞した暁には、この学校に凱旋してやってもいい。文芸誌の巻頭グラビアを「かつて教壇に立っていた中学で」というキャプション付きで、久々に黒板を背にした僕の写真が飾ることだろう。次のページには、生徒たちに囲まれて、手には花束なんかを持って、元同僚を入れてもいいな。「矢崎先生は、在勤中も、生徒にとても人気のある先生でした」のコメント付きで。

請われれば、講演をすることもやぶさかではない。テーマは「夢は必ず叶う。夢見ることをやめなければ」。それは聴く者の心をどんなに打つことだろう。何せそれを実現した人間が、目の前でそのことについて語るのだから。こんな説得力のあるものはない。僕はその時の服装も決めてある。「この日のスーツ、ネクタイは教師の初任給で購入したもの。『久しぶりに袖を通し、新たに身が引き締まる思いがした』そう語る新進気鋭の作家の顔に迷いはなかった」と、添えよう。記事は、ライターには任せず、自分で書いてもいい。

そこまで構想が出来上がっているのに、現実がついてこなかった。

文学賞の一般公募は、地方自治体などが主催する地方文学賞と、大手出版社が主催する中央の賞があるが、もちろん僕はプロ作家デビューに直結する中央の賞しか狙わない。

もう長年投稿生活を続けてきたから、どの賞がいつ締切でいつ発表か、枚数などの応募要項も全て頭に入っていた。

今では「ああ、○○賞の締切が近いから春だなあ」とか「もうすぐ一次通過者の発表があるから夏が来るな」と、季節の移ろいを賞のスケジュールで感じるほどだ。

一年のサイクルも、賞の応募を中心に回っている。この休みを使ってあの応募作を仕上げようとか、この時期は文化祭の準備で忙しくなるから、その前に○○賞の原稿をできるだけ書き進めようとか。新人文学賞は、もうすっかり僕の生活の中に組み込まれているのだ。

しかし書けども書けども、一次通過できないのだった。

一次審査というのは、下読みとも呼ばれるが、何千と送られてくる応募作に、まずこの下読みの人たちが目を通す。彼らは新人の作家だったり、フリーのライターだったりするらしい。この一次が通らないのだ。

いったいどうなっているのだろう。

こんなに面白いのに。毎回原稿を投函するたびに、受賞を確信しているのに、どういうわけか一次すら通らない。

思い当たることがあるとすれば、下読みは駆け出しの作家、いずれは作家になることを目論んでいるライターがやっているということだ。彼らが、将来的に自分のライバルになるような、己を脅かすような驚異の才能を目にしたとき、果たしてどうするか。この段階で芽を摘んでおこう、潰してやろう、そう思ったとしても不思議ではない。その心理はわからなくもない。

だとしたら僕は永遠にこの関門を通り抜けることができないじゃないか。

ここを通過しなければ、審査員の小説家の方々はおろか（先生方には、最終選考に残った数作のみ渡される）、編集者の目にも触れることはないのだ。

その人たちが見れば僕の作品の良さは一目瞭然であるのに。

この無限ループを抜け出すにはいったいどうしたらいいのだろう？

そんな時、飛び込んできたのが、三木明日香のことだった。史上最年少で、文学新人賞の特別賞を受賞したという。

一瞬我が耳を疑った。

同じ賞に僕も応募していたのだ。その件で話題になるのはこの僕のはずだ。

何かの間違いじゃなかろうか。急いで書店に走り、受賞作が掲載されている文芸誌を買った。そこには確かに三木明日香の顔写真とプロフィールが載っていた。間違いなく僕のクラスの三木明日香だった。

気が遠くなる。藍より青し、とはこのことか。

いや、別に彼女は弟子ではないけれど。弟子ではないが、教え子だ。そうだ僕が日々教え諭している子供じゃないか。

動悸を抑え、貪るように彼女の書いたものを読む。

なるほど、上手く書けている。

ただし十四歳にしては、だ。これが初めて書いた小説だ、と受賞の言葉にある。小説にもビギナーズラックのようなものがあるのかもしれない。たまたま上手く書けたのだろう。それがたまたま編集者の目に留まった。

そうだ、このプロフィールだ。十四歳の中学二年生の女子。

出版社だって、商売だ。ましてや出版不況が叫ばれて久しいなか、こんな美味しいネタに飛びつかないわけがない。

これは話題になる。そう踏んだのだろう。

そういう引きがなければ、なかなか本が売れない時代なのだ。いくら内容が良くても。

例えばこれを僕が書いたとしても、受賞には至らなかったろう。逆に、僕が書いたものを女子中学生が書いたとして出せば、賞を獲れるだろう。それが現実だ。

その時、天啓のようにひらめくものがあった。新人文学賞では、最終審査に残った段階で、出版社の編集者が担当につくことも珍しくないという。だとしたら当然、受賞した三木にも、担当編集者がついているだろう。

これを使わない手はない。立っているものは親でも使えと言うではないか。教え子の伝手に頼ったとて、悪いことがあろうか、否、ない（反語）。

作家への道を阻む下読みという障壁をビヨンドするにはこれしかない。

早速、放課後三木明日香を呼び出し、今まで書き溜めていたもの、憎き下読みのせいで不運にも落選してしまった作品たちを渡す。

もちろん編集者に読んでもらうためだ。読んでさえもらえればこっちのもんだ。

もしこれらの作品の良さがわからないとしたら、その編集者の目が節穴なのだ。

三木は、最初こそ戸惑っていたが（確かに量が多かった。二、三回に分ければよかったと後から思ったが）、快諾してくれた。

それにしてもこの三木、本気で作家になりたいようには思えない。何しろプロットという言葉さえ知らないのだから呆れた。あれは確かにビギナーズラック、まぐれだったのだろう。

徒競走だって、「絶対に一位になりたい」と思って走る人に、「できれば一位になりたいなあ。なれればいいけど」と思って走るやつが勝てるわけがないのだ。

おそらく小説作法などの本も、一冊も読んだことがないのだろう。

僕はこれまでに小説創作教室に八年通い、今でも単発の講座はできる限り受けている。常に精進、小説がなんたるかは十分に理解している。キャリアも情熱も三木とは違う。ただ運がなかっただけだ。

三木に原稿を託し、ひと安心したものの、それを読んだ編集者から「最近書かれたものを見せてください」と言われたときのために、新作を書き始める。

この即対応力も、新人として求められるもののひとつだ。せっかくデビューできても、ある程度ストックがなければ次の展開がない。そこで終わりだ。

三木なんかおそらくなんにもないだろう。いっときだけ脚光を浴びても、ただの徒花で終わるのが目に見えている。気の毒に。だが僕にはどうすることもできない。

三木よ、苦しむがいい。書くというのは孤独な格闘なのだ。たった独りで戦うしかない。

その夜、小説創作教室に通っていたときに知り合った藤村から久しぶりに電話が来た。

藤村は、僕より二つ下の三十七歳で、同じく独身。塾講師のバイトをしながら、重々しい純文学を書き続けている。担当教科は意外にも化学だった。

「フジムラ」と呼ぶと「トーソンってファーストネームで呼べ」と言う。筆名は「藤村藤村（フジムラトーソン）」で、「藤村の斜め上に小さい2を付けるんだ。キョンキョンと同じ法則だ」と言うが、今ひとつピンと来なくて首をかしげていると、藤村は、紙に「Kyon²」と書き、「小泉今日子だよ、知らないのかよ？ 年上のくせに」と不満顔だったが、お前こそなぜ知っているんだと問いたい。

ふざけているのだか真面目なのだかよくわからないやつだが、書くものは重厚で、人間の内面を、容赦なくえぐり出して晒すような小説だった。

過去には二次審査まで通ったこともあるそうだが、なにせ寡作で、今からそんなに寡作でどうするんだと思うが、己の胸の裡から、自然と湧き上がってくる何かが現れるまで筆を執らないのだという。

半年かけて十枚も書けないこともあるらしい。今も筆は中断しているようだ。ひとしきり互いの近況報告などした後、「阿部雅宏って作家知ってるか？」と訊いてきた。

「阿部雅宏って、あの阿部雅宏か？ あの『ひまわり通り商店街』シリーズの？」

「そうだよ。よく知ってるな」

知っているも何も、阿部雅宏は僕の好きな作家、いや目標にしている作家だった。

デビューは児童文学作品だったが、その後一般小説に移り、優しく味わい深い家族小説が、広い層から支持を受けている。ドラマ化された作品もいくつかあった。

確か年齢も近かったと思う。

「阿部雅宏がどうしたんだよ？」

「それが俺の上司のいとこの息子だったんだよ。この上司っていうのは、六月の異動で今の塾舎に配属になったんだけど、俺が小説を書いていることを知ったら『ああ、それなら僕のいとこの息子が』って話になって、今度取材でこっちのほうに来るって言ってるから、よかったら紹介しようか、ってことになったんだけど」

「マジか？」

思わず、普段生徒たちがよく口にしているフレーズが飛び出す。

国語教師として、口の端に乗せるのはどうかと思われるような言葉だが、考える前に出てしまっていた。

願ってもない機会だった。第一線で活躍しているプロの小説家と直接話ができることなんて、滅多にない。ましてやこんな片田舎でなんて。

「会いたい、会いたい、会ってみたいよ」

興奮が伝わったのか、藤村も「じゃあそういう方向で話進めとくわ」と弾んだ声を返してきた。

本棚に目をやると、阿部雅宏の著作が数冊並んでいる。サインをしてもらおう。訊きたいこともいろいろある。そうだ、僕が書いたものも持っていこう。もしかしたらその場でアドバイスをもらえるかもしれない。

いや、事の次第では、「いいねっ。これ素人のレベルじゃないよ。今まで埋もれていたのが信じられない。このまま文芸誌に載っていてもなんの遜色もないよ。僕が編集長に掛け合ってあげるよ」という運びになるかもしれない。

三木明日香なんかよりも、こっちのほうがずっと太いパイプだ。

なんだかここのところ急に執筆運が向いてきた。文壇が近づいてきた気がする。それも、向こうから。

そうだ、作家は、なるべきものがなるのだ。

そのようになるべく、運命が仕組まれているのだ。それを宿命と呼ぶのだ。

数日後、阿部雅宏と食事をすることが決まった。

藤村がほかにも、小説教室に通っていた仲間数人に声をかけていたようで、吉田さんという定年後に創作を始めた男性と、ファンタジーを書いているOLの竹川さんが来た。

場所は、県内で一番大きな駅の近くにある洋風居酒屋だった。段取りは全て藤村がやってくれた。どこか社会不適合者のような雰囲気がある藤村が、こういうことをそつなくこなすことが意外だった。

僕が阿部雅宏のファンであることを知っている藤村は、席も彼の隣にさりげなく配してくれた。阿部雅宏の顔は著者近影や雑誌インタビューで見知っていたが、実際に目の前にすると、もっと若く見えた。湯上がりのようにさっぱりとした顔立ちの好青年だった。

簡単な自己紹介の後、宴が始まり、自然と阿部雅宏を囲んだ座談会のようになった。

「一日にどれくらいのペースで書かれるのですか？」

「作家になって良かったと思うことは？」

「締切に間に合わなかったことはありますか？」

「執筆に行き詰まったときは、何をして気分転換をしますか？」

などの質問に、ひとつひとつ丁寧に言葉を選びながら答えてくれる様子は、誠実さを感じさせた。

「僕はかれこれ二十年ほど投稿を続けているんですが、なかなか最終審査までは残れないんです。どうやったら受賞してデビューできるんでしょうか？」

僕の番になり、そう質問を向けてみた。

「二十年ですか。それは、すごいですね。まあ、賞というのは運もありますから。でも二十年間書き続けられたというのは、それだけの情熱と書くネタがある、創作意欲が途切れないということですから、それはそれで素晴らしいと思いますよ」

嬉しさで頬が紅潮してくるのがわかった。

「ありがとうございます。僕は先生の大ファンなんです。先生は、本当にご自身の作風通りの人ですね。感動しました。まるで『ひまわり通り商店街』に出てくる純喫茶アリスのマスターみたいです。優しくて温かい人柄の」

「いやあ、そんなことはありませんよ。自分が全然そうじゃないから、そうなりたいと思って書いているんですよ」

「え、そうなんですか」

阿部雅宏は、穏やかな笑みを浮かべて少しだけ首を傾けた。

このタイミングで、著作にサインを頼むと快く引き受けてくださった。

「あの、これ僕が書いたものなんですが」

原稿の入った封筒を差し出すと、一瞬笑顔が消え困惑したように見えた。

「あ、ああ、君が書いた作品ね。えっと、これ、僕、どうしたらいいのかな？」

「お時間があるときでいいんで読んで頂ければ」

本当はこの場で読んでもらいたかったのだが、今この状況では、無理のようだ。

「ああ、そういうことね。はい、わかりました。じゃあ一応お預かりします」

一応というのが少し引っかかったが、渡すことはできた。今日の目標はほぼ達成できたと言っていいだろう。後はこれを読んだ彼が連絡をしてくるのを待つばかりだ。

阿部雅宏は、原稿を自分の脇に置くと、僕に顔を向けた。

「つくづく思うんですよ。作家は性質がいい人には向かないな、って。小説は、性格がいい素直な人間には書けませんよ。少なくとも人を唸らせるようないい作品はね。優れた小説を書く人ほど、性質はねじ曲がってます。でなけりゃ人の心の裏の裏まで描けない。冷徹で底意地の悪い視線がなければ、人間を観察することができない。漱石も随分意地の悪いところがあったと言われるけれど、まあ作家は大抵そうですよ。本人が言っているんだから間違いない。ただ己の性質の悪さ、下劣さ、醜さを自分でも十分に自覚し、心得ていて、だからこそ、その対極にある美しさや優しさ、素直でまっすぐなものがわかるんです。惹かれるんです。憧れるんです。それを書いているんです。もしあなたの小説がなかなか日の目を見ないのだとしたら、それはきっとあなたの性格がとてもいいからでしょう」

「はあ」

褒められたのか、なんなのかよくわからなかったので、気の抜けたような返事になった。それでもプロの作家さんと直接話ができたというのは、大いに刺激となり、実り多き集まりだったと感じられた。

これでさらにやる気が出た僕は、早速翌日の日曜日もパソコンに向かっていると、アパートのドアの外に人がいる気配を感じた。

日曜の午後、こんな時間に僕の部屋に来るのは、宗教や新聞の勧誘とか、たいてい「出ないほうがよかった」と思うようなものばかりなので、無視していると、台所の曇りガラスに人の頭部の影が映り、しばらく窓の端から端へ移動を繰り返していたが、やがて遠ざかっていく足音がした。台所の小窓を開けてそっと見てみると少女の後ろ姿があった。

アパートの前に止めてあった車に乗り込む。

三木明日香だった。

車が走り去った後、ドアを開けてみると、見覚えのある大きな紙袋が置いてあった。

中には僕の原稿が入っていた。ドアポストに手紙らしきものが挟んである。

それは秀文社の編集者からのものだった。


なるほど、編集者というのは、なんだかんだ言ってもやはり優秀だ。

簡潔な文章の中に実に的確なアドバイスが書かれていた。

僕の作品の本質を見抜くとはさすがだ。言われてみれば確かに、秀文社よりも光英書房のほうが僕の作品のカラーには合っている。

しかしみすみすライバル社にこの才能を引き渡すなんて、よほど懐が広いのか、それとも出版界全体としての将来を考えてのことか。

僕は尚一層創作意欲が刺激され、筆が大いに進んだのだった。

それから数ヶ月がたったが、阿部雅宏からはなんの音沙汰もなく、勢い込んで送った光英書房の新人文学賞はあっけなく一次落ちした。今までで一番の自信作だったのに。

藤村の話によると、阿部雅宏は、あの時来ていたファンタジーを書いているＯＬ竹川さんに自ら連絡してきて、東京で会ったりしているらしい。

「なんだよ、それ」

むくれて言うと、

「俺だって知らないよ。まさかこういうことになるなんて。彼女には、俺が先に目をつけてて、だからあの日も誘(さそ)ったのにっ」

藤村が声を荒らげた。そうだったのか。

「それは才能を見出(みいだ)して作品を見てやっているということか？　それとも男と女としてつき合ってるのか？」

「知らねーよっ。もうどっちだっていいよっ」

その両方、どちらもなのかもしれないな、とぼんやり思った。

しばらくして三木明日香の本が出版されるという噂(うわさ)を耳にした。

勝手な感傷だが、あらゆることから置き去りにされたような気がして、ひどい孤独感に身も心もからめとられて、しばらくパソコンに向かう気になれなかった。

近づいてきたと思った文壇は、遥か彼方に離れゆき、今や芥子粒の如し。
いやそれすら幻だったのかもしれない。

もう誰からも愛されないのだ。

文壇の女神にも、生徒からも、両親からさえも。

僕は、言われたことはきちんとする子供だった。勉強や宿題をしないで、怒られて結局はやらなければならないのなら、最初からやったほうがいい。言い争うだけ時間と労力の無駄だ。テストの点数で、動揺したり、落ち込んだり、心を煩わせるのが嫌だったから勉強した。勉強の不安は勉強をすることでしか解決できない。結果、両親も喜び、先生や級友から一目置かれた。いいことだらけだ。

でもなぜか両親は、勉強嫌いで何かと問題を起こし、悩みの種である弟のほうにより愛情を注いでいるように見えた。弟は欠点も多かったが、それを補ってまだあまりある愛嬌、可愛げがあった。これは持って生まれたものだった。僕が一生努力しても得られないものを、弟は意識することなく手にしていた。

僕は両親と話すとき、少し緊張する。小さい頃からずっとだ。

実の親なのに。そういう心のこわばりが親にも伝わるのか、いつも僕たち親子の間には、薄い膜のようなものがあった。心から打ち解けているとは言えない間柄だった。

自分がなんとなく疎まれている、という自覚はあった。両親からだけでなく、周囲の人からも。理由はわからない。でもそう思われるということは、僕の中に何かしら人に疎まれる要素があるのだろう。

そんな僕に寄り添ってくれたのは、本だった。様々な人の様々な物語は、僕の心を遠くまで運んでくれた。誰とも分かちあえない寂しさを、掬い上げてくれたのは物語だった。

いつか自分もそういう物語を書く人になろう、と思うに至ったのは、自然なことだった。けれどそれができるのは、やはり愛された人間なのだ。文学の神様に。

自分がどうやらそうではない、と自分で気がついて認めない限りは、終わりがないのだ。

それは今のような気がする。

踊り続けていても、見てくれる人がいなければ、ただの準備運動だ。

僕はこれが長すぎた。いつまでたっても幕は開かない。もう疲れた。

ただただ虚しい。虚しさで死ねるのなら、今ここで事切れているだろう。

それもまたよし。骸を拾ってくれるものもいないだろう。それでいいのだ。

しかし当然ながら虚しさでは死することもなく、お構いなしに日常は続いていく。

昨日（きのう）と変わらぬ今日（きょう）がある。

ただ僕が執筆をしなくなっただけのことだ。誰も困らない。世界は何も変わらない。

放課後、小テストの採点をしていると、日直の中原（なかはら）が職員室に学級日誌を届けに来た。

「ああ、ご苦労さん」

僕が日誌に判を押（お）し、それを彼に返すと、

「先生も小説、書いているんですよね」

不意に中原が言った。

「そうだけど。誰に聞いたんだ？」

「明日香、あ、えっと三木さんに聞いて。今、書いてるのとか、あるんですか？」

「あ、いや、今は、その、学校の仕事が忙（いそが）しくて。この時期はいろいろ行事もあるし」

かすかな後ろめたさが、胸の裡にじわりと滲（にじ）む。

「そうですか。じゃあまた今度書いたら、読ませてください」

「え、先生の、を？」

「はい。楽しみに待ってます」

にっこり笑ってそう言うと、中原は一礼し、職員室を出て行った。

読ませてください。楽しみに待ってます。

遠い日の面影に重なる。あの子もそう言ってくれたのだ。

初めて物語を書いたのは、小学三年の時。地底人の話だった。

環境破壊(かんきょうはかい)で地上に住めなくなった人々が、地底で暮らし始める。

ノートに書いたそれを、隣の席の女の子にだけ見せていた。名前は橋本愛里(はしもとあいり)さん。色白でエクボのある子だった。

面白い。もっと読ませて。続きが楽しみ。待ってます。

橋本さんが目を輝(かがや)かせて言った。

たったひとりのために、その子に読んでもらいたくてどんどん書いた。

橋本さんを笑わせたい。楽しませたい。彼女に面白かったと言われたい。

自分の作った物語を、読んで喜んでもらえるのが嬉しかった。

もっと喜ばせたい。心を震わせたい。僕が書いたもので。

そうだ、小説を書くのが好きだから、小説家になりたいと思ったんだ。
小説家になりたくて、小説を書いているんじゃない。
僕は手近にあったノートを開き、鉛筆を握った。
この感触。
鉛筆の芯の鈍い輝き、消しゴムのカス、黄味がかったノートの紙面。教室のざわめき。
そうだ、あの日々。
放課後。
下校時刻を知らせる哀愁を帯びた旋律。
渡り廊下の長い影法師。
山の向こうに落ちてゆく大きな夕日。
さようなら。
また明日。
僕は一行目を書き始める。
何十年ぶりかの手書き小説だった。

装画
矢部太郎（カラテカ）

装丁
山下知子（GRACE.inc）

※本作品は、すべて書き下ろしです。

※本作品はフィクションであり、
登場する人物・団体・事件等はすべて架空のものです。

鈴木るりか（すずき・るりか）
2003年10月17日東京都生まれ。史上初、小学4年生、5年生、6年生時に3年連続で小学館主催『12歳の文学賞』大賞を受賞する。現在、都内の中学校3年生在学中。一人っ子。血液型A型。学校では家庭科クラブに所属。趣味はギター、ゲーム、料理。好きな作家：志賀直哉、吉村昭。2017年10月刊行のデビュー作『さよなら、田中さん』は10万部のベストセラーに。

編集　片江佳葉子

14歳、明日の時間割

二〇一八年十月十七日　初版第一刷発行
二〇一八年十一月十九日　第二刷発行

著者　鈴木るりか
発行者　岡 靖司
発行所　株式会社小学館
〒一〇一-八〇〇一　東京都千代田区一ツ橋二-三-一
編集 〇三-三二三〇-五八二七　販売 〇三-五二八一-三五五五
DTP　株式会社昭和ブライト
印刷所　大日本印刷株式会社
製本所　牧製本印刷株式会社

 ISBN 978-4-09-386524-1